山手線探偵

まわる各駅停車と消えたチワワの謎

七尾与史

JN266709

ポプラ文庫

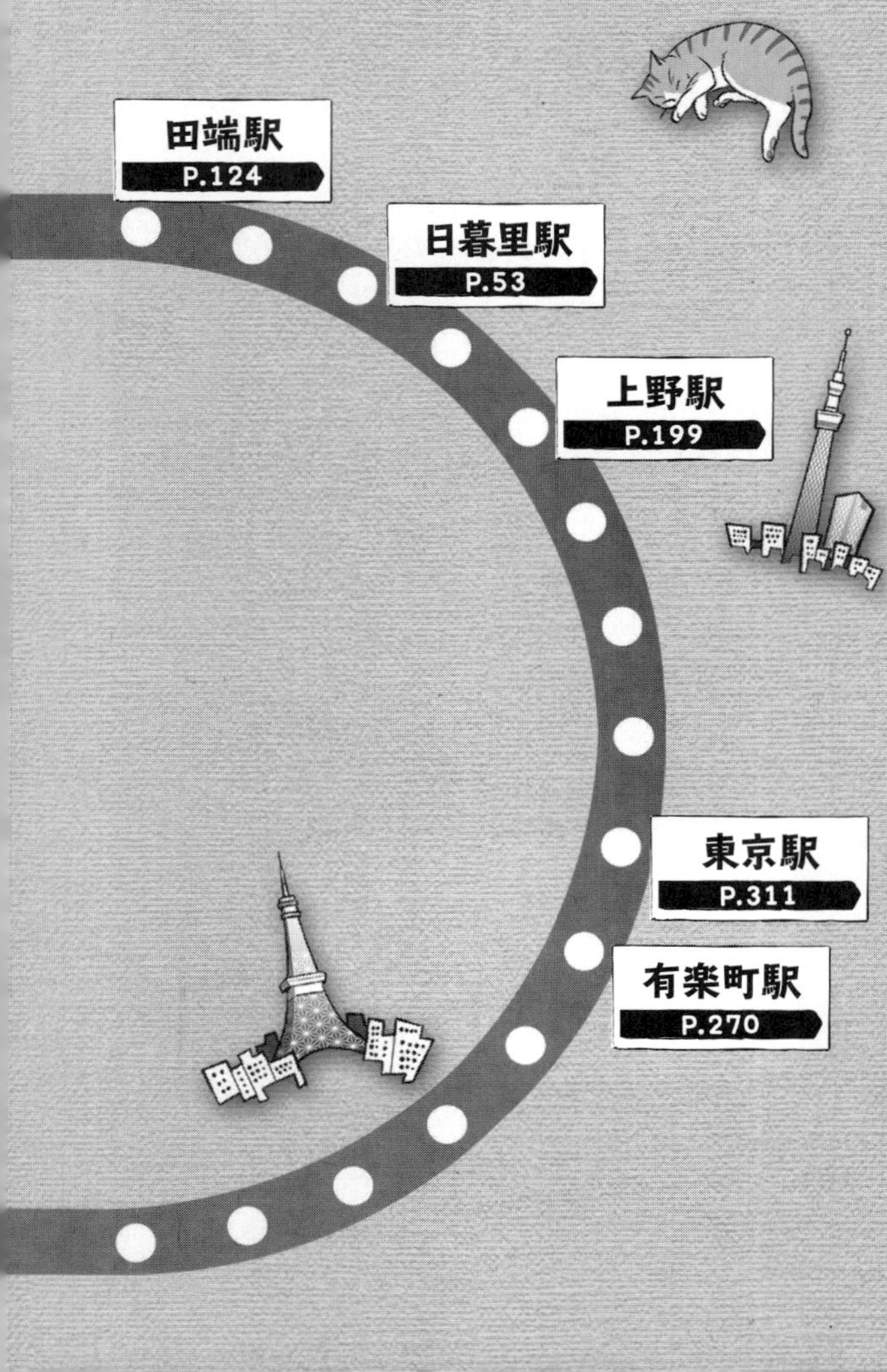
田端駅
P.124
日暮里駅
P.53
上野駅
P.199
東京駅
P.311
有楽町駅
P.270

目次

駒込駅 P.280

大塚駅 P.12

目白駅 P.6

新宿駅 P.301

代々木駅 P.251

恵比寿駅 P.142

山手《やまのて》線《せん》探偵

まわる各駅停車と消えたチワワの謎

〔目《め》白《じろ》駅〕

ＪＲ目白駅。山手線《やまのて》新宿《しんじゅく》・渋谷《しぶや》方面のプラットホーム。

倉内猛《くらうちたける》はデジタルビデオカメラを回していた。大学の映画部に属していて、次回の作品で使うシーンのために試し撮りをしていた。山手線が滑り込んでくるシーンだ。夕方前のこの時間は乗降客数も少ない。両側を線路に挟まれたか細いプラットホームに立つ人たちもまばらだ。

倉内は乗り場から少し離れてカメラを向けた。痴漢や不審者と間違われたくないので、ジャケットを脱いでそれでカメラを覆《おお》い隠した。ファインダー画面を覗くとそこには十人ほどの老若男女が待っていた。そのうち半分以上はケータイの画面を覗き込み、他は気怠《けだる》そうに立っている。年齢も性別もバラバラだ。スーツ姿のサラリーマンに高そうなドレス姿の中年の女性、青いランドセルを背負った小学生。真横に立つ焦げ茶色のブレザー姿の男性はツバの広い帽子を目深《まぶか》にかぶっている。

「ああ、つまんねえ絵だな」

倉内は一人つぶやいた。客たちのルックスもスタイルも服の彩《いろど》りも立っている配置もつまらない。これが日常といえばそれまでだが、映画には映画の世界の日常があってそれらは現実とは異なるものだ。そして観客の感性をくすぐるものでなければならない。

〈間もなく電車が到着します……危ないですから黄色い線までお下がりさい〉

場内放送が流れる。

ウンザリした気分でファインダー画面を覗いていると前方の小学生に目を引かれた。ズームをかけてみる。青ランドセルの男の子。小学生でもあの身長なら高学年だろう。小太りで片手に肉まんを握っている。赤みのかかった頬がまん丸で、漫画に出てくる食いしん坊の小学生のイメージそのものだ。その少年が肉まんを片手に、うつらうつらと頭を揺らしながらふらついている。どうやら立ったまま眠ってしまったようだ。それも線を越えてホームのへりにせり出している。しかし他の乗客は誰も少年のことを気にかけている様子はない。いや、一人だけいた。帽子を目深にかぶった焦げ茶色のブレザー姿の男性だ。彼だけが少年の方に顔を向けている。といってもぼんやり眺めているだけだ。

落ちたら面白いな……。

少年が落ちれば日常ではない絵になる。そう思うとそっと背後に近づいて背中を押したくなる。

落ちろ、落ちろ、落ちろ……。

倉内は何度も念じながらファインダー画面を見つめていた。念じるたびに少年の頭の振れ幅が大きくなっていく。ギリギリのところでバランスを保っているようだが、ちょっとしたはずみで崩れそうだ。倉内は顔を上げて周囲を見回した。しかし帽子の男以外、やはり誰も気に留めていない様子だった。

倉内がファインダーに視線を戻した、その時だった。

突然、少年の姿が画面から消えた。

キャッと女性の声が聞こえる。少年の近くに立っていた中年の女性が口元を手で覆っている。周囲の人たちが駆け寄って線路を覗き込んだ。倉内もカメラを持ったまま近づいていく。

少年は額に手を置いて頭を振っている。目が真っ赤に充血していた。やはり寝込んでいたようだ。夕べは夜遅くまで勉強でもしていたのだろうか。つい先ほどまで立っていたプラットホームをぼんやりとした目で見上げている。完全に寝起きの顔だ。

しかしホームの大人たちは見つめているだけで何もしようとしない。まるで雨に濡れている可哀想な猫を眺めているようだ。

やがて線路の向こうにギラギラとした光が灯った。それは光量を強めながらこちらに向かってくる。山手線だ。少年は眩《まぶ》しそうに目を細めながら電車の方を向いた。

ホームの空気が一気に張り詰めた。

倉内はジャケットで隠したカメラを向ける。誰も撮影に気づいていないようだ。

画面には線路の真ん中に立ったままの少年が大写しになる。すごい絵になるかもしれない。倉内の鼓動が激しく高鳴る。

「おいっ！　摑まれっ！」

突然、帽子をかぶったブレザー姿の男が前に出て、ホームの上から身を乗り出して少年に向かって手を差し出した。

「早くっ！」

今度は後ろに立っている女性が喚《わめ》く。

落下したときに頭を打ったのだろうか。少年は惚けた顔をして手を伸ばす男性をぼんやりと見つめていた。

ブオォォォオォォオ！

警笛がそれほど遠くない場所から届いてくる。倉内の下腹部がギュッと締めつけられる。ホームに立つ人たちの緊迫はファインダー越しにも伝わってくる。

少年は相変わらず虚《うつ》ろな瞳で手を差し出す帽子の男性を見つめている。ままならぬ状況に、一人の青年がホームから飛び降りようとする。しかしそれを遮り帽子の男性は、

「早くするんだっ！」

と声を大きくしさらに身を乗り出した。

男性の怒号に気圧《けお》されたのか、少年は腕を伸ばすと差し出された男性の手を握ろうとした。しかし少年は握らなかった。弾くように男性の手を振りほどくとそのまま後ずさったのだ。

ブォォォォォォォォオオオオ！

同時に大きな警笛が鳴り響いた。何かが砕けるような鈍い音がして、生臭い風圧が倉内の身体を押した。それでも最後までカメラを下ろさなかった。衝撃の瞬間や人々の悲鳴など一部始終をカメラは収めた。

倉内は肩で大きく息をしてその場にしゃがみ込んだ。気がつけば額がぐっしょりと濡れている。こんな場面に生で遭遇するのはこれが初めてだ。普段なら撮影した映像をその場で確認するのだが、さすがにそんな気分になれなかった。

いや、それどころか少年を助けようとせずカメラを回していたなんてことが世間に知られたらバッシングの対象にされてしまう。下手をすれば大学も退学させられてしまうかもしれない。それを考えるとこの映像はお蔵入りだ。倉内はカメラの電源を切るとそのままバッグの中にしまい込んだ。

ホームの客たちはパニック状態に陥《おちい》っていた。女性たちは声を上げて泣いている。どこから湧いてきたのか、野次馬がぞろぞろと集まってくる。やがて駅員が何人も駆け付けてきた。人身事故の発生を伝える場内放送が流れた。

事故なんかじゃない。あれは自殺だ。少年自ら助けを拒んだのだ。

倉内は立ち上がり、その場を去ろうとした。

そういえば少年を助けようとした帽子の男性はどうしたのだろう？

倉内は立ち止まってふり返る。さらに増えた野次馬を駅員たちが必死に押さえ込んでいる。倉内はバッグを抱えたまま現場に戻ると人垣の隙間に割って入った。

しかし帽子の男性はいつの間にか姿を消していた。

〔目白駅〕

〔大塚《おおつか》駅〕

山手線は一日五百万人以上の乗客であふれるという。都心を環状に一周三十四・五キロメートル。二十九の駅を約一時間かけて回る。利用客も膨大でダイヤも過密なだけに乗客の代謝もすこぶる激しい。山手線は乗客という細胞が集まった生き物だ。細胞は分刻みで入れ替わり、駅ごとにその様相を変えていく。車内でかっこいい男の子を見つけたらためらっている暇はない。すぐに声を掛けないとその男の子はいくつかの駅を過ぎた後でさっさと降りてしまう。そしてあっという間に人混みの中に姿を消してしまうだろう。これで次に会えるのはいつになるか分からない。たとえ彼が毎日のように山手線を利用していたとしても。

違う男の子がシホを見ている。彼は黒いランドセルをしょっていた。年齢は小学五年生のシホと同じくらいで身長も変わらない。メガネをかけていて賢そうだけど色白でひ弱そう。全然タイプじゃない。ああいうのが将来役人や政治家になって日本をダメにするのだ。そのために有名塾に通ってはガリガリと勉強している。視線を向けるとその子は目を伏せた。

どうしたの？　あたしのことが好きなんじゃないの？

男の子の隣に長身の男性が立っている。細面《ほそおもて》で整っているが神経質そうな顔。どことなく雰囲気が男の子に似ている。おそらく父親だろう。仕立ての良さそうな皺《しわ》一つない、銀ボタンの紺のブレザーを羽織《はお》っている。

男性が男の子に一言話しかけた。男の子は頷《うなず》く。やはり親子だ。身なりからして裕福な家庭なのだろう。男の子のシャツもブレザーも半ズボンもブランドもの特有の気品がある。

そうこうするうちに扉が開いた。ビールのテレビCMで使われていたメロディが流れる。恵比寿《えびす》駅だ。男の子はもう一度こちらを見ると父親と別れて電車を降りていった。

なによ、意気地なし。もうこれで二度と会えないんだからね。会えないんだよ。

扉が閉まると電車はすぐに発車する。電車に残った父親の方は外の息子に向かって手を振っている。しかし男の子はそっけなく頷くと階段に消えていった。その時、一瞬だけシホの方を見た。

何よ、あたしに気があるんじゃん。

窓の外では乗り遅れたと思われる青年の不機嫌そうな顔が流れていった。次の電車が来るのは三分後なのに、どうしてあんな顔をするのだろう。シホの伯母さんの住んでいる田舎《いなか》では一時間に一本しか電車が通ってないらしい。ここが伯母さんの田舎だったらあの青年、きっと大暴れするかも。

　隣でつり革に掴まっている男性の、何度も鼻をすする音がさっきから気になってしょうがない。

「ちょっと霧村《きりむら》さん、風邪でも引いたの？」

「ああ、ちょっとな……。それより、シホ。どうした？　メガネの男の子が気になったのか？」

　道山《みちやま》シホは彼を見上げる。霧村さんはニヤニヤしながらなおも鼻をすすっている。

　そうこうするうちに電車は渋谷駅に到着する。乗客のほとんどが降りて一気に閑散としたが、すぐにそれを上回る客が乗り込んできて車内はさらに息苦しくなる。

「そんなわけないじゃん、霧村さん。あたしは嵐組の神田くんしか興味がないの」

　シホは中吊り広告を指さした。女性誌の表紙に神田くんが微笑《ほほえ》んでいる。二十代三十代の女性だけでなく、シホたち小学生にまで人気があるアイドルだ。イケメンなのはもちろんだが、有名私立大を出ていて頭がいいところも魅力だ。顔だけで中身がカラッポの他のアイドルとは格が違う。ちょっと少女っぽい顔立ちもチャーミングだ。シホが十歳で彼は二十三歳だから年齢のバランスもギリギリ悪くないと思う、たぶん。

「信じられないかもしれないが、僕も若いときはあんな感じだったんだぞ」

霧村さんが前髪をさっと書き上げながら言う。

「あれ？　今日ってエイプリルフール？」

「なんだよ、それ」

霧村さんが口を尖《とが》らせる。

「霧村さんが『元』神田くんって、どんだけファンタジーなのよ」

「まあ、たしかに……。今となってはファンタジーだけどな」

霧村さんは三十五歳だと言っていた。シホの父親が四十歳だから少しだけ年下だ。だけど霧村さんはそれ以上に若く見える。若いときに神田くんみたいだったというのは本人の妄想じみた思い込みだろうけど、実はそれほど悪くもないとシホは思っている。寝癖だか天然パーマだかよく分からない髪形、すっとぼけたような丸い双《そう》眸《ぼう》。たしかに眉目秀麗《びもくしゅうれい》とはいえない。だけど困ったようにはにかむ笑顔が可愛らしい。飄々《ひょうひょう》としたしゃべり方や仕草、ひょろっとした体形なんかもアニメのルパン三世に雰囲気が似ている。時折のぞかせる優しい眼差《まなざ》しが好きだ。かっこよくもないし美しくもないけれど、個性的な魅力のある愉快なお兄ちゃんだと思う。少なくともオジサンやオヤジやオッサンではない。メタボ腹に脂ぎった顔に加齢臭。ああなったら男もお終いだと、向かいの席に座るＯＬの二人が話している。シホの父親はすべてをクリアしていた。なんだか哀しくなる。

「大学はどこだったの？」

気を取り直してシホは霧村さんに尋ねる。

「慶法大学だよ」

「もしかしてケーザイ学部？」

「ああ。どうして分かる？」

「神田くんもそうだから。慶法大のケーザイって神田くんみたいな人がいっぱいいるんだ。あたしも一生懸命勉強して目指しちゃおうかな」

シホはガッツポーズをとる。右も左も神田くん。彼とデート、彼とドライブ、彼とカラオケ。彼に囲まれる学園生活。彼にお弁当を作って上げて、宿題を手伝ってもらおう。ああ、この世の天国だわ。

「君は、算数が得意なのか？」

シホは頭を左右にブンブンと振った。

「得意なわけないじゃん。算数が世の中の大半をつまんなくしてると思うわ」

食塩水の濃度の計算のどこが面白いのかさっぱり分からない。ビーカーに水を入れてお塩を足して、また水入れて。「さて何パーセントでしょう？」ってバカみたい。何パーセントだろうとしょっぱいに決まってるじゃない。女の子はスイーツが好きなのよ。そんな計算に必死になっている同級生たちを見ていると、「どんだけ人生を無駄にしているのよ！」と問い詰めたくなる。

「あそこの大学は算数ができないと入れないぞ」

「ええ！　そうなの？」

「そりゃそうさ。経済学部だからね。算数は必須だよ」

シホはがっくりと肩を落とした。神田くんと楽しい学園生活を過ごすためには食塩水の濃度が必要なのだ。塩分の摂《と》りすぎは良くないってお父さんが言ってたのに。

「恋ってしょっぱいのね……」

シホは上を向いてつぶやく。電子掲示板ではスーパーマリオが飛び回っていた。

「神田くんが好きなんだな。ランドセルにシールまで貼っちゃってさ」

霧村さんがランドセルを指さして苦笑を漏らした。

「霧村さんが女の子だったら絶対にあたしの気持ちが分かるよ。神田くんに恋をしない女の子なんて、女の子じゃないね」

シホは人差し指を突き出して主張する。

「それは言いすぎだ。世の中には魅力的な男性がたくさんいる。男の価値はルックスや学歴だけじゃないんだ。まあ、今の君にはまだ分からんだろうけどな」

「あっ、それって大人の上から目線。感じ悪っ！」

シホがふくれると霧村さんは鼻を鳴らした。

「次は新宿、新宿。お出口は……」

場内に放送が流れると渋谷駅の時よりもさらに多くの乗客が降りていく。そしてそれをはるかに上回る客たちがなだれ込んできた。車内の圧力が一気に高まる。鉄のポールにしっかりとしがみついて体に力を入れる。こうでもしないと奥に押しやられて潰されそうだ。人混みの隙間から眺めていると実にいろんな客がいる。胸元を大きく開けた妙にセクシーな女性、さっぱり似てないアニメキャラのコスプレ姿の若い男性、女装している人。中には背の高いシルクハットをかぶった燕尾《えんび》服姿のおじさんまでいる。彼は大きな黒革のカバンを提げている。なんとも時代錯誤な恰《かっ》好《こう》だ。

霧村さんはそんな乗客たちをじっと眺めている。というより観察をしているようだ。そのときだけはドラマに出てくる刑事さんのような目をしている。このときの彼の顔は少し怖いので声を掛けられない。

二つ三つ駅を過ぎるとまた少し客が減って楽になる。客の多くはケータイやスマートフォンの画面を眺めていたり、携帯ゲーム機で遊んでいる。改めて見てみるといろんな機種があるんだなと思う。特に最新型の携帯ゲーム「ポータブルステーションＳ３Ｄ」が気になる。ゲームが３Ｄ映像で楽しめる上、通信機能もついている。近くに本機を持っている人がいれば通信で対戦やコミュニケーションができるのだ。ざっと見ただけでもこの車輛に十人以上はいる。

「よぉ、雨《あめ》。ここにいたか」

長身の霧村さんよりさらに背の高い男が近づいてきた。霧村さんの目つきが柔らかくなった。雨というのは霧村さんの名前である。霧村雨。名前だけは神田くんよりかっこいいと思う。

声を掛けてきた男性は霧村さんの友達の三木《みき》さんだ。三木幹夫《みきお》という名前なので「ミキミキ」と呼んでいる。霧村さんが愉快なお兄ちゃんなら、ミキミキさんはクールなイケメンの学者さんといったところ。彫刻家が彫り出したようなシャープな目鼻立ちにすべすべの肌。霧村さんとは大学時代の友人なので年齢も同じくらいだろう。ミキミキさんも見た目がオヤジやオジサンやオッサンではない。霧村さんが愉快なお兄ちゃん、ミキミキさんが素敵なお兄さん。どちらかを選べと言われれば正直迷ってしまいそうだ。顔ならミキミキさん、性格なら霧村さん。慶法大だったら頭も悪くない。なのにそろって独身だ。まあ、あたしなら二人をふって神田くんを選ぶけど。

「ミキミキさん、こんにちは」

シホは彼に手を振る。

「やあ、シホちゃん。いつもかわいいね」

「ミキミキさんも素敵よ」

ミキミキさんがシホを見下ろして目尻を下げる。外国の俳優のように頬に縦皺が何本も入った。うん、やっぱりかっこいい。これだからアラフォーは侮《あなど》れない。それと比べると同級生の男子なんかガキどころか赤ちゃんだ。

「君の同級生の池田くんだっけか。サッカー部の。彼のチームが地区予選で優勝したそうじゃないか。新聞に載ってたよ、ほら」

ミキミキさんが新聞を差し出してきた。池田くんの顔写真が載っている。彼はクラスの女子にキャーキャーいわれているけど、あんなお子様のどこがいいのかさっぱり分からない。最近乳歯が抜けたってダサすぎる。あたしのはまだグラグラしてるけど。

「あたし、ガキなんて興味ないからさー」

「それはそれは」

シホが澄ました顔を向けるとミキミキさんが肩をすくめた。彼は霧村さんみたいに「君もガキじゃないか」なんて言わない。霧村さんは時々デリカシーがない。だから女の子にモテないのだ。

「ところで雨。最近調子はどうだ？」

ミキミキさんが新聞を革製のバッグにしまいながら霧村さんに尋ねた。

「不景気だねえ。さっぱりだよ」

彼が背伸びをしながら車内を見回す。

「不景気で不安定な世の中だからこそ、君みたいな仕事は需要があるんじゃないのか？」

霧村さんが自嘲《じちょう》気味に笑う。

「看板出すわけにもいかないからさ、ここじゃ。誰がどう見ても俺は乗客の一人に過ぎないだろ」

「たしかにな。まあ、でも家賃がかからないわけだからガツガツする必要もないだろう」

ああみえて霧村さんは私立探偵だ。以前、JR上野駅近くの雑居ビルに「霧村雨探偵社」という事務所を構えていた。しかし経営がうまくいかなかったようで、家賃が払いきれずにビルを追い出されてしまったそうだ。そこで新しい事務所を見つけるまでこの山手線を事務所代わりにしているというわけである。知る人ぞ知る、山手線探偵だ。

ただ霧村さんの言うとおり、まさか電車の中で看板を出すわけにもいかないし、チラシを配るのもNGだ。電車の中で勝手に商売をやってはダメだという。だからこっそりと展開しているわけだが、問題は霧村さんが他の乗客と区別がつかないことだ。乗客もまさか目の前の霧村さんが私立探偵で、ここで営業しているとは思わないだろう。

「僕がいうのもなんだけど、腕はいいんだよ、腕は」

ミキミキさんが親友をフォローする。

「私立探偵ってのはこう、もうちょっとハードボイルドっていうかさ。トレンチコートの似合う渋いオッサンというイメージが必要だな。マルボロ吸う姿がサマになっているような。雨ってただの人の好さそうな頼りないあんちゃんって感じだろ。だから今ひとつ客の信用が得られないんだよ」

「うるせえよっ！」

「いてえっ！」

霧村さんがミキミキさんのおでこにヘッドバットをぶつける。こんなところは小学生みたいだ。ときどき二十五年の年の差を感じなくなることがある。

「お前だってなんだ？　人のこと言えるのかよ」

今度は霧村さんが反撃に出た。ミキミキさんがおでこを押さえながらばつの悪そうな顔をする。

「なんちゃってミステリ作家のくせして。そもそもお前の本を本屋で見たことがないんだよっ」

「変なこと言うな。今はたまたま売り切れているだけだ」

霧村さんの言うとおり、ミキミキさんはミステリ作家を自称している。

「よく言うな。自費出版じゃないか。そんなんだったら金さえ出せば俺だって作家になれるぜ」

なんでも自費出版というのは出版社にお金を払って自分の作品を本にしてもらう

ものらしい。ただ数百万円というお金がかかるそうだ。

「自費出版からメジャーになっていった作家もいるんだよ」

「少なくとも今のお前は作家じゃないだろ。単なる作家志望者だ」

霧村さんの言うことをシホなりに解釈すれば、ミキミキさんは三十五歳にもなって無職ということだ。学校で勉強しているシホの方が世間的にも社会的にも立派なのかもしれない。クールなイケメンの彼が独り身なのも分かる気がする。

「い、今は下積みの時期なんだよ。松本清張だって横溝正史だってそういう時代があったんだ。それより君がしっかりしてくれなきゃ、僕は作品が書けない。そろそろ颯爽《さっそう》と事件を解決してくれよ。頼むよ」

霧村さんがふーっとわざとらしく大きなため息をつく。

「どうしてそこまで他人まかせかなあ。ミステリ作家の皆さんは自分の頭の中で考えて書いてんだろ。横溝さんのお友達がスケキヨくんで、それをもとにして『犬神家の一族』を書いたわけじゃないだろ」

ミキミキさんは霧村さんをモデルにした探偵小説を書いている。今までにも二冊ほど本になったそうだが霧村さんですらその本を見たことがないという。なんでも本を出した風前社という出版社は風前の灯火《ともしび》どころか、すでに消えてなくなったらしい。それでもミキミキさんは自分のことを作家だと言い張っている。

「お前のミステリ作家ごっこにつき合ってる暇なんてないんだよ、こっちは」

「失礼な。そういう君だってホームレス探偵じゃないか」

「ホームレスじゃねえよっ！　寝床だけはちゃんとあるんだ。正確に言うならオフィスレス探偵だ」

霧村さんが妙なところで胸を張る。

オフィスを追い出された顧客のつかない探偵と、果てしなく売れない自称ミステリ作家。どっちもどっちだと思うけど。

「あーあ。なんか事件でも起こらないかなあ」

ミキミキさんが手すりを握ったままため息をつく。周りの乗客たちが訝《いぶか》しげに彼を見た。

「東京はいつだって平和だよ。目の前ですぐに事件が起こるのはテレビドラマの話だ」

と、霧村さん。

「テロリストでも乗り込んできて山手線をジャックしてくれないかな」

ミキミキさんが物騒なことを言い出す。

〔大塚駅〕

「それでどうすんだよ?」

「君が颯爽と解決するんだ。それを僕が書くから」

「俺はジョン・マクレーンか」

霧村さんが苦笑する。

「ねえ、ジョン……なんとかって何?」

聞いたことない名前だ。シホは霧村さんに尋ねた。

「『ダイ・ハード』を知らんのか?」

シホは首を横に振った。彼は鼻で笑った。感じ悪っ!

そうこうしている間にも乗客の顔ぶれは次々と入れ替わっていく。大きな駅に停まるとたくさんの人が降りて行ってしまうが、代わりにそれ以上の人たちが乗り込んでくる。そうして結局、混雑は続いていく。いつもながらどこからこんなにたくさんの人たちが湧いてくるのだろうと思う。どうして東京にはこんなたくさんの人たちがいるのだろう。

ミキミキさんの視線が前方で立っている女性に向いていた。ミニのスカートからすらっとした足が伸びている。後ろで束ねた亜麻色の髪が子馬のしっぽのようで可愛らしい。二十代前半だろうか。大人になったらあんなきれいな女性になりたいな。

彼女の容姿なら神田くんともお似合いだ。

「ミキミキさんのエッチ！」

シホは彼女に見とれているミキミキさんの足をつつきながら言う。

「そんなんじゃないってば」

彼はばつが悪そうな顔で咳払いをしながら視線を外した。でもやはり気になるようだ。

女性の大きな瞳は手に持った携帯ゲーム機に向いていた。どうやら好みのタイプらしい。

チラチラと視線を戻している。

タブルステーション３Ｄ」だ。熱心にタッチペンを使って画面をつついている。やはり人気機種だ。車内には何人かの人が画面を開いてる。通信機能があるので彼女も車内の誰かと対戦ゲームを楽しんでいるのかもしれない。

そうこうするうちに電車は池袋駅に着いた。ドアが開くと新宿駅なみの客の入れ替えが起こった。大人たちの容赦ない圧迫で体が奥にやられそうになる。そんなシホをミキミキさんが自分の体を盾《たて》にして防いでくれた。

「ミキミキさん、ありがとう」

「どういたしまして」

彼はシホに向かってウィンクをする。霧村さんはぼんやりと周囲を眺めていた。

〔大塚駅〕

彼が私立探偵で目下営業中だとは誰も思わないだろう。ミキミキさんの言うとおりただのあんちゃんにしか見えない。あれではお客なんてつかないよ。

いつの間にか先ほどの女性がいなくなっていた。池袋駅で降車したのかと思ったが、シホたちよりすこし離れた位置に立っていた。乗客の出入りの流れで奥に移動したのだろう。彼女は相変わらずゲーム画面を熱心に眺めながらタッチペンを動かしている。

「ねえ、ミキミキさん」

「なんだい、シホちゃん」

「『ダイ・ハード』って何なの？」

暇を持てあましたシホがミキミキさんに尋ねると彼は笑った。

「ジェネレーションギャップかな。僕たちが若い頃、大ヒットしたアクション映画だよ。ハイテクビルを占拠したテロリストたち相手にジョン・マクレーンというおまわりさんがたった一人で立ち向かっていくんだ。シホちゃんがまだ生まれるずっと前の映画だからね。僕たちにとっては有名な映画だけど知らないのも無理ないか」

「そのジョンって人は霧村さんに似てるの？」

「全然。あんなにマッチョじゃないしタフじゃないし恰好良くないし、そもそも勇敢じゃない」

「うるせえよっ！」

霧村さんの毒づきが会話に飛び込んでくる。

その時だった。

「もうやめてください！　この人、痴漢ですっ！」

突然、車内に女性の喚き声が上がった。満員状態の客たちの視線が一斉にそちらに向く。声の主はゲーム機を持っていたあの美しい女性だった。彼女は男の手を摑み上げている。

「いいかげんにしてください！」

彼女は手を振りほどこうとする男性に向かって叫んだ。

「知らないいっ！　僕はやってない！　本当だっ！　僕じゃない」

男性はスーツ姿のサラリーマンだった。年齢は二十代後半から三十といったところか。霧村さんやミキミキさんより少し若く見える。その彼は真っ青な顔をブンブンとものすごい勢いで左右に振っている。

「嘘よっ！　ずっと私のお尻を触ってたじゃないの」

女性が男の腕をひねりながら険《けわ》しい目で睨み付けている。

「本当に僕じゃないんですっ！　人違いだ」

車内もざわつき始めた。女性たちは軽蔑、男性たちは好奇の目を向けている。

男性は端整な顔立ちで小洒落たスーツを着こなしている。仕事ができて女性にもモテる好青年という印象だ。

「痴漢なんてするような人には見えないけどなあ」

「あの女性にならつい魔が差してしまうこともあるかもな」

ミキミキさんが囁《ささや》くように言った。たしかにきれいな女性だ。お尻もゴム鞠のように丸く盛り上がっていて、女であるシホですら触ってみたいと思うほどだ。

いやいや、そんなの関係ない。

「ミキミキさんでもお尻触ったりするんだ」

「しないよっ！」

彼が目を剝《む》いて否定する。

「ムキになるところが怪しいよ」

そうしているうちに車内がさらに騒然としてきた。男性はやってないと大声で主張するが、女性は頑として認めようとしない。

「俺、その人が触っているところ見ました」

「あたしも見たわ。間違いなくその人よ」

「僕も見ましたよ。女性が気の毒だったからちょうど止めようと思っていたところです」

彼女の周りにいた男性二人と女性一人が手を上げながら証言を名乗り出た。男性の一人は大学生くらいの真面目そうな若者、もう一人は白髪が目立つ初老だった。初老の方はよく見ると右腕の長袖がダランと緩んでいる。事故か何か分からないが右腕を失っているようだ。女性の方は垢抜《あかぬ》けない服を着たこちらも年配のオバサンだ。

三人に目撃されたスーツ姿の男性の顔は蒼白になっていた。何か主張しようと口を金魚のようにパクパクさせているが、言葉が出てこないといった有様だ。

「三人も目撃者がいるんじゃあ、言い逃れはできないな。見た感じからちゃんとした仕事に就いた人だろうに。あんなんで人生を棒に振っちゃうんだよな」

ミキミキさんが哀しげにため息をついた。たしかに身なりはきちんとしているし、女性受けのよさそうなルックスだ。

「おい、そいつを警察に突き出せ！」

〔大塚駅〕

「そうだ！　そうだ！」

いつの間にか周囲の男たちが、男性を逃げられないように押さえ込んでいる。

「待ってくれ！　本当に僕じゃないんだ！　僕はやってない！」

男性は体をくねらせながら彼らの束縛から逃れようとしている。

「三人も目撃者がいるのに往生際が悪いって」

彼の右腕を押さえている、ツバを後ろ向きにしてキャップをかぶった若者が意地悪そうに言った。明らかに状況を楽しんでいるように見える。男性は涙目で「僕はやってない」と主張をくり返している。

やがて電車は大塚駅に到着した。扉が開くと被害者の女性、目撃者の三人と一緒に男性が外に連れ出された。目撃者の女性が駅の係員に声を掛けている。にやけ顔の若者に取り押さえられた男性は雪山で遭難したように顔も唇も血色を失っていた。ガタガタと足を震わせて、ちゃんと支えてやらないと今にも倒れそうだ。車内に残った乗客たちは身を乗り出して窓の外を眺めている。

「ミキミキ、行くぞ」

「へっ？」

突然、霧村さんが電車を降りた。

「ちょ、ちょっと待てよ」

その後をミキミキさんが追いかけていく。シホも一緒についていった。

「シホちゃん、学校は大丈夫なのかい？」

ミキミキさんが心配そうに声をかけてくる。

「大丈夫。今日はかなり早めに出てきたから」

霧村さんはホームの中程で男性を取り囲んでいる集団を遠巻きにして眺めている。被害者の女性が係員に興奮気味に事情をまくし立てていた。野次馬も集まってきてシホたちもその集団に溶け込んでいった。

やがて他の係員が警察官を連れてきた。

「おまわりさん！　僕は本当にやってないんです。この女の人の誤解です。絶対に僕じゃありません」

男性は若者に腕を押さえつけられたまま縋《すが》るように訴えた。目は真っ赤に充血して頬が涙で濡れている。大人の男性が公衆の面前で泣く姿って初めて見た。女の人は時々あるけど。

「あんたさぁ、観念しなよ。目撃者がいるんだよ。それも一人や二人じゃないんだぜ」

彼を押さえているキャップをかぶった若者が男性の顔を覗き込みながら楽しそうに言う。

「目撃者って誰です？」

警官が彼らに向かって声を掛けると男二人女一人が手を上げた。年齢も性別もバラバラでこれといった特徴のない、言いかえればどこにでもいそうな地味で面白味のない顔立ちをした三人だ。反面、面白半分に嘘をつくような人間にも見えない。

「その男性が女性のお尻を触っているのを見ました。体を密着させて他の人には分かりにくいようにしてましたよ」

中年の女性が警官に説明すると他の二人も同意したように頷いている。

「そりゃ満員電車ですからっ！　しょうがないじゃないですか！」

男性はこの期《ご》に及んでも必死に弁明している。ここまでくると確かに往生際が悪い気がする。さっさと罪を認めてしまえば刑が軽くなると聞いたことがある。シホは霧村さんを見た。彼はなぜ電車を降りたのか。単なる野次馬根性だったのか。しかし彼は顎《あご》に指を当てながら冷静な顔でやりとりを見守っている。

「いやあ、明らかに触ってましたよ。彼女のお尻を撫でてました」

目撃者の大学生が男性の主張を否定する。右腕のない初老男性もほぼ同じ証言をした。

「な、何なんだよ、あんたらは……」

男性は血の気を失った頬をふるわせながら、濡れそぼった瞳を被害者女性と目撃者の三人にさまよわせた。憎悪というより撤回を懇願するような目つきだった。

「とりあえずここではなんだから署の方まで来てもらおうか」

警官と係員が男性を促す。

「おまわりさん！　これは冤罪《えんざい》です。痴漢冤罪だ！　今、社会問題になってるじゃないですか。そうやって罪のない人をなし崩しに痴漢犯罪者に仕立てていくんだよ。僕はやってない！　信じてくれよ！」

男性が身を乗り出して主張するが、押さえ込んでいる若者が力ずくで引き戻した。

「といってもねえ、被害者がいて目撃者が三人もいるわけだし。一人ならともかく三人となると見間違いとか勘違いと考えるのは不自然でしょう」

警官が男性に失笑を向けながら言う。

「そ、そんな……」

男性は瞳を閉じて歯を食いしばった。大粒の涙がボロボロとこぼれてくる。好青年の面影は微塵《みじん》もない。

「リア充も今日限りだな」

彼を押さえている若者がヘラヘラと笑う。自分が落ちこぼれているから他人の失《しっ》墜《つい》が嬉しいのだ。嫌なヤツ。

シホは男性のことが気の毒になってきた。お尻を触られることくらい目をつぶってやればいいのにと思うけど、大人たちはそんなことが許せないらしい。あたしなんかユウキくんにスカートをめくられたことがあるんですけど。あの男性が逮捕ならユウキくんなんか死刑でいいと思う。

「あの、ちょっといいですか」

突然、霧村さんが右手を挙げながら、被害者の女性と目撃者三人の氏名と住所を手帳にメモしている警官に声をかけた。

「なんですか」

警官が面倒くさそうに霧村さんの方へ向いた。

「一連のやり取りを見ていると、最初から痴漢ありきで話が進んでいるように思えるんだけど、それでいいんですか？」

霧村さんは警官に歩み寄りながら言った。

「いいも悪いも目撃者がいるんです。現行犯同然ですよ」

彼は「1＋1は2ですよ」と言うような口ぶりだった。シホも同感だ。一人ならともかく三人も目撃者がいるんでは見間違いなんてことはないだろう。

「その目撃者が本当のことを言っているとは限らないでしょう」

霧村さんは三人の方を指さしながら言った。

「ちょ、ちょっと、どういうことよ！　私が嘘をついてるって言うの？」

三人のうち女性が霧村さんに詰め寄ってきた。他の二人も視線を尖らせている。

「あなたは状況を目撃されたんですか？」

警官が女性を制して霧村さんに尋ねた。

「いいえ。女性が触られている現場は見てません」

「だったらどうして目撃者を疑うようなことを言うんですか？」

警官の顔も徐々に険しくなる。彼らの仕事を邪魔すると罪になると何かで聞いたことがある。警官はそれを考えているのかもしれない。

「おまわりさん。とりあえず被害者の女性と目撃者三人が持っているゲーム機を調べてみた方がいいと思います」

「ゲーム機？」

警官が素《す》っ頓狂《とんきょう》な声を上げて目を丸くする。

ゲーム機とはあの「ポーステ3D」だ。被害者の女性が持っているのは見たけど、目撃者三人も持っていたのか。それは気づかなかった。

「その女性と目撃者の三人は事件の起こる直前までゲーム機をいじってました。四人とも最初は車輛内でバラバラの位置に立ってましたが、池袋駅であの青年を取り囲むように集まってきたんです」

霧村さんが両手の指で四人が集まってくるジェスチャーをしながら説明する。

「それは偶然です。池袋駅でたくさんの客が乗り込んできたので奥の方に押し込まれたわけです」

右腕のない年配の男性が釈明するが心なしか声がうわずっているように聞こえる。

「そ、そうよ。だいたいゲーム機なんて関係ないじゃない」

今度は詰め寄ろうとしていた女性が声を荒らげる。残り一人の若者も彼らに同調する。

「ちょっと妙だなと思っていたんですよ。同じ最新型の携帯ゲーム機を持った四人が同時に一箇所に集まっていく姿を見て。何か起こるんじゃないかと思っていたら、予感が当たりました」

容疑者扱いの青年と彼を押さえ込んでいる若者はポカンとした顔を向けている。

シホも霧村さんの言っていることがよく分からない。

　今思えば車内に何人かポーステ３Ｄで遊んでいる人がいた。その中に年輩の人も何人かいた。あんな年齢の人でも最新ゲーム機を買うんだと意外に思った。あのゲーム機は人気が高いので予約を入れないと入手がままならない。そうでなければゲームショップの前で朝早くから長蛇の列に並ばなければならない。オークションで取引もされているが法外な値段がついている。そんなこともあって年輩の人がプレイしてる姿をあまり見たことがない。しかし今日は少なくとも目撃者三人のうち二人は年輩だ。ましてや初老の男性は右腕を失っている。

「ゲームのことはよく分からないんだが、それと痴漢が何の関係があるんだね？」

　警官が目撃者三人の態度の変化に戸惑《とまど》いを見せながらも霧村さんに尋ねる。

「最近のゲーム機は通信機能がついているんですよ。ポーステ３Ｄは近くに同じマシンを持っている人がいるとダイレクトに通信ができるんです。それで対戦ゲームができたりするわけです」

「ああ、あのストリートなんとかという殴り合うゲームだね。うちの息子も夢中になっているよ。だけど何度も言うけど、それが痴漢とどう関係するんですか？」

「このゲーム機はゲームだけじゃないんです。メッセージの交換もできるんです」

ポーステは半径十数メートル内にある他人のポーステと通信ができる。受信を承認するかどうかは受け取り手の任意だ。もちろん拒否することもできる。他にもすれ違っただけで自動的にゲームデータのやり取りをする機能もある。今の携帯ゲーム機はひと昔前の機種とは違って通信が前提なのだ。

「それってメールみたいなものでしょう。ケータイでもできるじゃないか」

「ケータイは通信会社のサーバーを通すから相手にメッセージが届くまでにタイムラグが生じます。しかしポーステは本体同士が直接やり取りをしますからタイムラグが生じません。リアルタイムにデータのやり取りができないと対戦になりませんからね。もっともその分、通信範囲は十数メートルしかありませんけど」

「なるほど、そういうわけか」

警官の方も霧村さんが言いたいことの察しがついたらしい。今度は回れ右をして被害者と目撃者に向いた。

「それでは皆さん、申し訳ありませんがゲーム機を拝見してもよろしいですか?」

四人の顔に明らかな動揺が浮かんでいた。目撃者の女性は顔を真っ青にして唇をふるわせている。年配の男性は肩で息をしていた。これではまるで加害者の青年と一緒だ。

「おまわりさん、ちょっと待ってください。どうしてゲーム機なんて確認する必要があるんですか？」

被害者の女性が笑顔を引きつらせて尋ねた。

「あくまでも確認です。被害者と目撃者四人が同じゲーム機を犯行が起こる直前までいじっていたという偶然を見過ごすわけにはいきませんから」

警官が一歩前に出ると四人は同時に後ずさった。皆一様に顔色がさえない。年配の男性は額から汗が滲み出ている。

「あ、あのぉ……、今思えば、彼の手がたまたま私のお尻に当たっていただけっていう気もしてきました。それをこっちが痴漢だと勝手に誤解しちゃったっていうか……」

被害者女性は引きつったような笑顔を向けながら言った。

「そ、そうですね、僕もそんな気がします。満員だったから手が彼女に押しつけられていたんでしょう」

「私もそう思えてきました。あれだけ混んでいるとそういうこともあり得ますよね。痴漢行為じゃないかも……」

目撃者の若者と女性も慌《あわ》てたように目撃証言を撤回する。

〔大塚駅〕

「どうやら私の勘違いだったようです。とんでもないことに巻き込んでしまって本当にごめんなさい」

今度は被害者女性が青年の元へ駆け寄って頭を下げた。警官は制帽を脱ぐとやれやれと頭を掻いていた。

＊＊＊＊＊＊＊＊

「本当にありがとうございました。おかげさまで命拾いをしました」

青年が霧村さんに深々と頭を下げた。心から感謝をしているのだろう、彼はしばらく頭を上げなかった。

霧村さんがゲーム機を指摘すると被害者も目撃者も態度を急変させた。公衆の面前であれだけ派手に喚き散らしていた女性も、彼女の主張を裏付けるような証言をしていた目撃者も、すべては自分たちの勘違いだったと認め、それぞれが青年に謝罪した。もちろん女性は訴えも取り下げた。そして青年は無罪放免された。

「ああ、いいんだよ。僕もあなたの無実を目撃してたわけじゃないし、確信していたわけでもないんだ」

「ええ？　そうだったんですか……」

青年が意外そうな顔をする。

「ただ被害者女性と目撃者三人が同じ携帯ゲーム機を直前までいじっていたのが気になってね。もしかしたらと思ったんだ」

霧村さんが青年が買ってくれた缶コーヒーに口をつけながら言った。シホたちはまだ大塚駅のプラットホームに立っている。被害者女性も三人の目撃者も警官もすでに帰ってしまった。

青年は若林《わかばやし》と名乗った。ＩＴ系だのベンチャー企業だのシホには今ひとつ意味が分からなかったが、社長さんだというのだからすごい人なのだろう。スーツもオシャレでセンスがいい。新橋駅あたりで見かけるメタボのオジサンたちとはまるで違う。そしてなんといってもイケメンだ。

「あの四人は僕を陥れようとしたんでしょうか？」

「さあ。今となっては分からない。あの警官はゲーム機を確かめないで帰らせちゃったからね。女性が訴えを取り下げたからそれで良しとしたんだろう」

あの警官もどうしてゲーム機を調べなかったのかと思う。面倒な仕事を増やしたくなかったのかもしれない。そんな警官がいるから東京から悪い人が減らないのだ。

「ところでよく分からないんだが、あのゲーム機で何がどうしたって言うんだよ？」

隣に座っているミキミキさんが霧村さんに疑問を挟む。ミキミキさんは最近のゲーム機とかスマートフォンといったデジタル機器に疎《うと》い。ケータイでのメールのやり取りが精一杯だと言っていた。

「ポーステ3Dは周囲に同じマシンを持っている人がいると通信ができるんだよ。たとえば友達同士で対戦ゲームをしたいとき数メートル以内なら互いに通信のやり取りができるんだ。ゲームのデータだけじゃない。相手にちょっとしたメッセージや画像も送ることができる」

ポーステ3Dはたとえば電車の中で見知らぬ乗客とも対戦ができたりする。友人同士なら会話を交わすことができるが、まったくの他人だとそうはいかない。だからメッセージ機能がついている。二回戦目を申し込んだり、相手の勝利を称えたりできる。中にはナンパに使っているという猛者《もさ》もいるという話も聞いたことがある。

霧村さんが解説するとミキミキさんは納得したように手を打った。

「それで四人は互いにメッセージを交わしながら犯行のターゲットとタイミングのやり取りをしていたんだ。だけどどうしていちいちゲーム機なんて使って連絡を取り合うんだ？　最初から四人でしっかり打ち合わせして実行すればいいじゃないか」

ミキミキさんが再び疑問を投げかける。たしかに四人がしっかりと準備をしてくればポーステ３Ｄでいちいち連絡を取り合う必要なんてないと思う。

「おそらく彼らはプロの『陥れ屋』なんだよ。だからあの四人は今まで一度も顔を合わせたことがないと思う。もし今回のように痴漢でっち上げが疑われても、四人に接点がまったく出てこないからだ。それにケータイならともかく、ゲーム機までは調べられないと高を括《くく》っていたんだろう。警察もまさかゲーム機がそんなことに使われるとは夢にも思わないからね」

それから霧村さんは痴漢でっち上げ集団のやり口を説明した。裏の社会ではそういうことを専門に扱う業者があるらしい。まずは「痴漢に遭いそうな女性」を用意する。そして目撃者だ。年齢も職業も性別もバラバラのできるだけ印象の薄い人間を三人ないし四人ほど集める。それだけいれば目撃者の見間違いや思い込みを否定できるし、見た目がごく普通の人間なら証言にも信憑性や説得力が出てくる。

被害者役と目撃者役たちはそれぞれがある程度距離を置いてターゲットのいる車輌に乗車する。互いに顔も名前も知らないからゲーム機で連絡を取り合いながらタイミングを見計らって実行するというわけだ。ターゲットの顔写真などの画像のやり取りもあったかもしれない。

「たしかにゲーム機の話が出た後の引き際の良さはプロっぽいな。さっさと訴えを取り下げちゃったもんな。だけど若林さんはどうして狙われたんだろう？　心当たりはないの？」

　ミキミキさんが若林に尋ねると彼は腕を組みながら難しい顔をした。

「今、うちの会社では役員たちの間でちょっとした派閥争いがありまして、社長である僕の失脚を虎視《こし》眈々《たんたん》と狙っている連中がいるという噂を聞いたことがあります」

　急成長で伸びていった会社だけに社員たちにまとまりや結束が薄いという。また上昇志向の強い人間も多いらしい。何とかして若林の社長の座を奪おうというわけだ。痴漢で捕まった人間を社長にしておくわけにはいかないだろう。

「そうやってライバルを蹴落としてくれる親切な連中がいるのか。なんとも素敵な世の中だな」

　ミキミキさんの皮肉に若林はうんざりだといわんばかりに首を振った。

「ということはうちの社の誰かが彼らを雇ったというわけですね。まったく、油断も隙もあったもんじゃない」

「あくまでも憶測だよ。彼らが本当に『陥れ屋』だったかどうかは確定したわけじゃない。ただ、若林さんもこれからは気をつけた方がいいと思う」

霧村さんが若林の落とした肩を叩きながら言った。若林の表情は怒りよりも失望の色が濃いように思える。会社の社長ともなるといろいろと気苦労が多いらしい。偉くなるのも大変だが、偉くなっても大変なのだ。大人の世界は奥が深い。

「それにしても霧村さん、被害者と目撃者たちがポーステを持っていたことによく気づきましたね。そのおかげで命拾いしたわけですけど」

「こう見えても彼は探偵なんだよ。頼りないあんちゃんにしか見えないけどね」

「頼りないあんちゃんは余計だ」

霧村さんがミキミキさんにツッコミを入れるのはいつもの光景だ。

「だから観察力はハンパじゃない。誰も気にもとめないことを彼はちゃんと見ているし覚えている。腕利きの探偵なんだけど、マネジメントが悪くてね。もっと派手に広告を打ってアピールしておけば行列の出来る探偵社になっただろうに」

「そうだったんですかぁ」

若林が感心したようにため息を漏らす。

〔大塚駅〕

「そんなんじゃないって。たまたま目についただけだよ」

と霧村さんも照れくさそうに謙遜する。たしかにミキミキさんの言うとおり霧村さんの観察眼はすごいと思うことが今までにも何度もあった。今日もあれだけ満員だった乗客たちを頭に焼き付けていたのだ。

「探偵さんって……。もしかしてネットで話題になっている人ですか？」

若林が何か思い出したように人差し指を立てながら言った。

「ネットで話題って？」

霧村さんの顔がポカンとする。

「ホントに知らないんですか？　ここ最近ですね。どんなトラブルでも解決してくれる探偵さんが山手線にいるって噂がインターネット上に広まっているんです。でもいつどこの車輛にいるか分からないから逢えたらラッキーみたいな話ですよ」

なんでも「山手線探偵ファンクラブ」なるサイトまで立ち上がっているようで、そこにはいくつかのエピソードや目撃情報が書き込まれていると若林は熱っぽく語った。

「本当にいたんだ。てっきり都市伝説かなんかだと思ってましたけど。そんな人に僕は助けてもらったんですね。伝説に立ち会えるなんてなんだか嬉しいな」

若林が顔を綻《ほころ》ばせている。いつの間にか好青年ぶりが戻ってきたようだ。ほんの十五分前は死にそうな顔をしていたのに。

「参ったな。そんな噂が出回っていたのか」

霧村さんが頭を掻きながらぎこちなく笑う。

「なあ、シホ。知ってた？」

「し、知らない」

シホはフルフルと首を横に振った。

しかし本当はよく知っていた。なぜならその都市伝説をでっち上げたのは他ならぬシホなのだ。シホは小学五年生とはいえパソコンが得意だった。ツイッターやフェイスブック、掲示板、ブログなどに山手線探偵についてあることないこと書き込んだ。あまり露骨に霧村さんの所在や素性を書き込むと関係者の自作自演であることがばれてしまうので、伝聞や噂レベルに留めるよう書き込みには工夫を凝らした。暇つぶしに2ちゃんねるみたいな大型掲示板で大人たちを釣ったり煽ったりすることが多いので、やり方はよく心得ていた。もちろん「山手線探偵ファンクラブ」もシホが立ち上げたサイトだ。その甲斐あって、やがてそれはネット上で話題になって広がっていった。一部では伝説の山手線探偵さがしが始まっているという。探偵は探されるのではなく探すのが仕事だと思うんだけど。それはともかく、シホによって大きく育《はぐく》まれた山手線探偵の伝説はネット上を一人歩きしているのだ。

「ところで、あのサイトでも時々話題の種になっているんですけど……。霧村さんはどうして一日中山手線に乗っているんですか？」

若林が無邪気に尋ねる。まさか家賃を滞納してビルを追い出されたとは言えない。

「ま、まあ、それについては内緒ということで。せっかくの都市伝説なんだからさ、こういうのはミステリアスな方がいいでしょ」

霧村さんが笑顔を取り繕いながら答えた。その隣でミキミキさんが笑いをこらえている。何を勘違いしたのか若林が感心したように何度も頷いた。

「それにしても霧村さんってゲームに詳しいんですね」

「ああ。あのゲーム機を実は持っているんだよ。といっても買ったわけじゃなくて懸賞で当たったんだけどね。遊んでみると結構面白いんだ」

そう言いながら霧村さんはバッグからポーステ３Dを取り出した。女性が持っていたものと同じフレアレッドだ。

「ああ！　ずるい！　あたしもやりたいっ！」

シホは思わず飛びついたが霧村さんがひょいとかわした。そして手の届かない高さまで持ち上げる。シホはピョンピョンと跳びはねて奪い取ろうとするが、ギリギリ届かない。彼はそんなシホを愉快そうに眺めていた。

「意地悪っ！」

頭に来て霧村さんの膝小僧を思い切り蹴飛ばした。

「いてっ！　なにすんだよっ！」

「なによ、このケチおやじ！」

それからたっぷり二十分罵って無事ポーステ3Dを奪取した。ワクワクしながら画面を開く。

「すごいっ！　本当に飛び出して見えるよ」

ポーステの3D画面を見るのは初めてだ。立体の犬キャラがこちらに向かって顔を突き出している。

「シホちゃんっていうんだよね？　君は霧村さんのお嬢さん？　それとも妹さんなのかな」

二人のやり取りを微苦笑しながら眺めていた若林がシホに近づいてきて話しかけた。

「あたしはお嬢さんでも妹さんでも彼女さんでもお嫁さんでもありません。道山シホ。しがない助手です」

「助手？」

若林がわずかに目を丸くした。

「うん。主に広報担当かな」

ネットを使って評判を流しているのだから広報だろう。しかしやり方がまずかった。自作自演をバレないよう細心の注意を払って書き込んでいたら、情報に尾ひれがついて、いつの間にか都市伝説みたいになってしまった。幻の探偵。そんなわけでなかなかお客がついてこない。まっ、これも都市伝説商法だ。いつかは実を結ぶと信じてる。都市伝説で終わってしまう可能性も否定できないけど。

〔日暮里《にっぽり》駅〕

退屈な学校が終わるとホッとする。

どうもあそこにはなじめない。クラスメートたちの考え方や行動が幼く思えてしまって、話をするのも聞くのも面倒くさい。学校なんてさっさと卒業して、大人の仲間入りをしたい。子供という立場は中途半端に守られていて、中途半端に不自由だ。夜は家にいなくちゃならないし、親がついてないとカラオケにも行けないし、ちょっと血が出る映画も観られない（もっともホラー映画は夜眠れなくなっちゃうので苦手だけど）。

そんな毎日の中で通学に使っている山手線に乗っている時だけが、シホが大人になれる貴重な時間だ。右隣に座っているのは霧村さん、左隣はミキミキさん。素敵な大人の男性二人にサンドウィッチにされて今日もご機嫌だ。

「お客さん、来ないねえ……」

シホは腕を組みながら満員の車内を寂しそうに眺めている霧村さんに言った。

「無理もないさ。誰がこいつのことを探偵だと思うんだ」

ミキミキさんが肩を揺すらせる。たしかに霧村さんは人の好さそうなお兄ちゃんにしか見えない。年齢はおっさんなんだけど。そもそも彼は伝説の探偵なのだ。伝説がこんなところに座っているとは誰も思わないだろう。

「うっせえなあ。ていうか、こんなところで油なんて売ってないで執筆しろよ。お前の脳内編集者から原稿の催促が来てんだろ」

霧村さんが負けじと言い返す。

「脳内とは失礼な。篠原さんっていう元『ミス・神田川』の美人編集者はちゃーんと存在する。先日も彼女から電話があって、次回作の催促が来てるんだ」

ミキミキさんは張った胸元に自分の親指を押しつけた。

「どうせ、それも自費出版だろ。いいかげん、目を覚ませ。前回の風前社で懲《こ》りたんじゃないのか。お前はその元『ミス・神田川』にとって極上のカモなんだよ。文学新人賞は無理でも、ネギを背負ったカモ選手権なら優勝できるぞ」

「そ、そんなことはない。彼女は僕の作品のことをちゃんと分かってくれてる。だからこそ僕の作品を世に出したいと言ってくれるんだ。彼女の熱い瞳を見れば君も本気だと分かるさ」

「はぁ……。どこまでおめでたいかねぇ」

霧村さんが顔を背けながら言った。シホも彼にまったく同感だ。

「と、とにかく君が事件を解決してくれなきゃ、僕が書けないんだ。君も知っての通り、僕は実際に起ったことを下敷きにして書いていくセミフィクションのスタイルを取ってるからね」

つまりミキミキさんがここでこうして座っているのは取材活動の一環というわけだ。絵に描いたような他人まかせだ。

「依頼が来なくて落ちぶれていく私立探偵の物語でも書けばいいだろ」

霧村さんが口調に自嘲を含ませた。

「それじゃあ、物語にならない。これでも一応ミステリ作家なんでね」

「お前が書けないのは俺のせいってわけか」

「そういうこと」

ミキミキさんがしれっと答える。この二人、会えば必ずこんなやりとりをする。お約束のコントを見ているようだ。

「電車って人間ドラマの結集っていうイメージを持ってたんだけど、意外と平和なんだよなぁ……」

霧村さんが退屈そうに背伸びをした。ミキミキさんに尋ねたら、今日はもうこれで五周目らしい。もちろん彼は正規の運賃を支払っている。

電車は新宿駅で停まった。扉が開くとたくさんの乗客が降りていくので、車内も見通しがよくなって圧迫感もなくなり体が軽くなる。しかしホッとするのもつかの間、今まで以上の数の客が乗り込んで来て一瞬のうちに息苦しくなる。二分前に前の電車が出たばかりだというのに、どこからこんな人たちが湧いてくるのだろう。

「あのぉ……」

突然、前に立った女性が霧村さんに声をかけてきた。

「君は……あのときの」

女性の顔を見て、彼女が誰だかシホにもすぐに分かった。

「先日は大変失礼いたしました。松宮葉子《まつみやようこ》といいます」

二週間ほど前だったろうか。痴漢の被害を訴え出た女性だ。先日と同じように亜麻色の髪の毛を後ろで束ねている。女のシホから見てもやはりきれいな女性だ。ただ美しいとか可愛いだけでなく、大人の女性として折り目の正しそうな雰囲気を漂わせている。胸元にひらひらしたレースのついたブラウスに、少し短めの紺色のタイトなスカート。その下から細くて真っ白な足を覗かせている。ミキミキさんが相変わらず見とれているのでシホが彼の脇腹に肘を当てる。

前見たときの松宮は騒ぎのこともあってか、どこか攻撃的で意地悪そうな印象もあったが、今日の彼女はむしろ弱々しく、怯《おび》えているように見える。顔色もさえないようだ。大きな瞳も小刻みに揺れていて落ち着きがない。

「霧村さんですよね」

「ご存じなんですか？」

「ええ。実はあれから若林さんに連絡を取って直接謝罪したんです」

若林は彼女たちに痴漢冤罪を仕掛けられた被害者だ。ＩＴベンチャー企業の社長だと言っていた。スーツの似合うイケメンの好青年だった。

「そうだったんですか」

「その際に霧村さんの話が出まして。私たちがゲーム機を使って連絡を取り合っているのを見破ったって聞きました。私立探偵の方なんですね」

「ま、まあね。といっても大したことないんだ」

霧村さんが頭を掻きながら照れ笑いをした。

「日本初のオフィスレス……痛っ！」

茶々を入れようとするミキミキさんの靴をシホは思い切り踏んづけてやった。

「日本初の山手線探偵です」

〔日暮里駅〕

素早くミキミキさんの言葉を訂正する。

「あら、可愛い。霧村さんのお嬢さん？」

「いいえ。しがない助手兼広報部長です」

シホが答えると松宮の強《こわ》ばっていた表情がホワンと音がするように緩んだ。

「素敵な探偵社ですね」

「いやあ、それほどでも……」

霧村さんが困ったように笑ってまた頭を掻いた。その頭を掻く癖、止めた方がいいと思うけど。

「若林さんに霧村さんのことを聞いて、インターネットで調べてみました。すごいじゃないですか！　ネット上でも話題になってますよ。伝説の探偵が山手線にいるって。いつどの時間、どの車輌に乗っているか分からないから探し出すことが難しいってね」

松宮の話を聞いてシホは心の中でガッツポーズを取った。ネット上の書き込みはほぼすべてシホの自作自演だ。噂の出所もそれを求める書き込みもすべてシホが演出したものである。都市伝説商法がうまくいってるようだ。問題は乗客たちがどうやって霧村さんに行き着くかだが。

「私、そんなすごい人を目の当たりにしてるんですね」

「え、い、い、いや……」

松宮が目を潤ませながら感動をあらわにしている。まるで大ファンの芸能人を前にしているようだ。

「なにキョドってんのよ？」

シホは顔を近づけて霧村さんに囁いた。

「いや、こんなことって初めてだからさ」

「霧村さんは伝説の探偵なのよ。もっとしっかりしなさいよ」

「そ、そうだな」

そう言いながら姿勢を正すと彼は妙に凛々しい表情を取り繕って松宮を見上げた。

「で、僕に何か？」

芝居がかった気取った声で彼女に尋ねる。

「実はご相談があって」

「つまり仕事の依頼？」

「ええ。そういうことになります」

霧村さんが「ヨッシャ！」とガッツポーズを取ろうしたので、今度は彼の靴を思い切り踏んづけた。数週間ぶりの仕事の依頼だから快哉を叫びたい気持ちは分かるが、それを表に出しては伝説が泣く。こういうプロデュースもシホの重要な仕事だ、と思ってる。隣ではミキミキさんが笑いをかみ殺していた。

「とりあえずここに座ってください」

シホが席を立って松宮に譲る。少女に席を譲られることに躊躇を見せたが、彼女は「ありがとう」と頷くと腰を下ろした。

「それで相談というのは？」

霧村さんは隣に座った松宮に顔を向けて尋ねた。

「ええ。まずはこれを見ていただきたいんです」

そう言うなり、彼女はバッグから新聞記事の切り抜きを三枚差し出した。それらに目を通した霧村の右眉がピクリと上がった。そのあとミキミキさんとシホで回し読みをする。

「この人たちってあのときの三人じゃない！」

シホは記事の写真を指さしながら言った。それぞれの記事には顔写真がついている。その顔が誰なのかシホにはすぐに分かった。そしてこの記事を読む限り、彼らはすでにこの世の人ではない。

「ええ。そうです。若林さんを陥れようとした目撃者です」

写真はそれぞれ大学生くらいの若者、年配の女性、初老の男性だった。松宮が若林のことを痴漢だと訴えたとき、目撃証言を申し出た三人だ。

「三人とも事故に遭ってる」

年配の女性はハイキング途中に崖底に滑り落ちて亡くなっている。

そして初老の男性は魚釣りの最中、海に落ちた。数日後に溺死体があがったというわけである。

大学生は急な歩道橋で足を滑らせて転落した。その際に頭を強く打って絶命しているとある。その日は雨降りで足下が滑りやすい状況にあったようだ。そして彼はコンパの帰りで泥酔していた。

警察は事故扱いしているようだ。それらはここ二週間ほどの出来事である。

「偶然だと思いますか？」

松宮は声を震わせた。血の気が引いて顔が真っ白だ。

「二週間で三人か。たしかに偶然とは思えないね」

記事を見つめながら表情を硬くした霧村さんが重い口調で答えた。

「そうですよ！　こんな偶然あるわけないじゃない！　誰かがやったのよ。そしてそいつは私の命も狙ってるに違いないわ。今度は私の番なのよ！」

彼女は満員電車の中で声を押し殺しながら訴える。頬が小刻みに震えていた。

「松宮さん、落ち着いて。警察には連絡したんですか？」

霧村さんは彼女の背中にそっと手を置いて優しく尋ねた。

「いいえ。警察は事故とみてるんだから私の言うことに耳なんて貸さないわ。それに言えるわけないじゃない。私は痴漢冤罪を仕掛けたのよ」

たしかにそうだ。事故と考えている警察がそんな不確かなことを根拠に認識を改めるはずがない。ましてや彼らは三人が陥れ屋のスタッフであることを知らないのだ。しかしこの三人がたった二週間で命を落とすというのも単なる偶然とは思えない。足を滑らせたり海に落ちたというのも、気づかれないように背後から押せば誰でもできることだ。大学生は泥酔していたというし、初老の男性は右腕を失っていた。ハイキングの女性の足場は悪かっただろう。事故死に見せかけるのはなおさら簡単である。

「霧村さん。絶対に殺人事件だよ。このままだとお姉ちゃんの命が危ないよ」

霧村さんは松宮に厳しい目を向けた。

「松宮さん、どうしてあなたのような真面目そうな人が若林さんを陥れようとしたんですか？」

松宮は目を伏せてギュッと唇を噛みしめた。そして顔を上げて、

「お金のためです。知り合いにだまされてその人の借金を肩代わりする羽目になっちゃって。困っていたとき、裏社会にちょっとだけ関わりのある知り合いが『陥れ屋』のバイトのことを教えてくれたんです」

と、表情に自責と後悔を滲ませた。

「裏社会って……そんな知り合いがいるんだ」

霧村さんの瞳に嫌悪の色が浮かぶ。それを察したのか松宮は慌てて手を振った。

「いいえ、違います。正確には私の友人の知り合いの方です。過酷な取り立てに憔《しよう》悴《すい》しきった私を心配した友人がその方に連絡を取ってくれたんです」

彼女はスジの悪い人たちから借金をしていたようだ。テレビドラマで見たことがあるからシホも何となく分かる。

「すべてはインターネット上のやり取りだった？」

「ええ」

彼女が少し驚いたような顔をして霧村さんを見つめた。さすがは探偵だけあって社会の裏側のことを分かっているようだ。

〔日暮里駅〕

「サイトのアドレスをその方から教えてもらいました。サイトにはパスワードがかかっていて、一見《いちげん》の訪問者は入れないようになってます。パスワードもその方から聞いたんです。あとは電子メールのやりとりでした。内容は特殊な暗号になっていて専用のアプリを使って解読するんです。どういう仕組みか分からないけど時間がたつと抹消されるようになってました」

「それはヤツらにとって基本だよ。万が一、警察が入ったときに証拠を残さないためさ。ということは正直に打ち明けても記録が残ってないから、ますます警察は信じてくれそうにないな」

　松宮が神妙な顔で頷いた。電車内のやりとりに携帯ゲーム機を使ったのも同じ理由だ。まさか警察もゲーム機がそんなことに使われているとは思わないだろう。ゲーム機を使ったやり口は聞いたことがないと霧村さんが言った。そして、

「連中もいろいろと考えるな。ゲーム機が犯罪に使われるとはメーカーも思いもしなかっただろうね」

　と感心する。ゲーム機は松宮の自宅に宅急便で送られてきたそうだ。

「ところで、最近周辺で変わったことはない？　誰かにつけられているとか、郵便物が荒らされているとか」

「ええ。以前からそういう気配はあったんですが、最近も続いてます」

「以前から？　それは痴漢より前ってこと？」

「はい。もう何ヶ月も前からです。ケータイに妙なメールが届いたり、誰かに見られている気配を感じたことが何度もあります」

「警察には相談したの？」

「ええ。ほとんど相手にされませんでした。取り立てて実害があったわけじゃないし、誰かに見られているというのも、そんな感じがするというくらいのもので確信ではなかったですから」

「僕もストーカーの相談は何件か受けたことがある。依頼人の多くは警察に相談をしているが場当たり的な対処しかされてないんだよ。とはいえ一人のためにただでさえ多忙な警察官が人手や時間を割くわけにはいかないのも現実だ。起こってもない事件のために警察は動いてくれないよ」

霧村さんが苦々しい顔で説明した。

「えー、でもストーカーを食い止めるっておまわりさんたちの仕事じゃないの？」

シホが疑問を挟む。

「もちろん事件を予防しなくちゃならないんだけど、大人には大人の難しい問題があってなかなか思い通りにはいかないんだよ。学校の先生だってイジメ問題になると腰が引けてるだろ」

「たしかにそうね」

シホは得心する。イジメに遭っていると主張する子がいても、先生はなかなか認めようとしない。じゃれ合いとか気持ちの行き違いで済ませようとする。その方が先生も楽なのだ。騒ぎが大きくなれば親も出てくる。面倒やトラブルから逃れたいという気持ちはシホにも分かる。ストーカーも同じようなことなのだ。

「突っ込んだことを聞くけど、つき合っている男性はいるのかな?」

「いいえ。今はいません」

「今は?」

「はい。ちょっと前に別れました」

松宮は寂しげに顔を少しだけ俯《うつむ》けた。

「原因を聞いていいかな」

「彼の浮気です。他に三人の女性とつき合っていたんです」

そう言いながら唇をきゅっと結んだ。

「四股?　それはお盛んだな」

ミキミキさんがシホにそっと囁く。クラスの望月くんが同じように四人の女子とつき合っていたのがばれて袋叩きにされていた。男子という生き物は大人になっても変わらないらしい。

「君は彼の浮気をどうやって知ったの？」

霧村さんが続けて尋ねる。

「メールです。宛名の分からないフリーメールが私のケータイに届いたんです」

「それがストーカーからの？」

「多分……。本文は何も書かれてなくて、数枚の画像ファイルが添付されてました」

「浮気現場を押さえた写真というわけか」

松宮が「はい」と頷いてため息をついた。

「つまり妙なメールというのがそれのことかい？」

「ええ。以前も何度かメッセージが送られてきたことがあるんです」

「君のケータイメールのアドレスは何人くらい知ってるの？」

霧村さんの問いかけに松宮は首を小さく捻《ひね》った。

「そんなにたくさんじゃないと思います。アドレスを教えたのは信用できる知人ばかりです。あとは行きつけのレンタルビデオとかショップのポイントカードとかカラオケの会員証を作るときに記入したくらいです」

「以前つき合っていた男性は？」

「知らないと思います。別れた後にアドレスも変えちゃいましたから。それに彼らは私に連絡なんかしてこないですよ。以前つき合っていた三人の男性は、いずれも私が振られた形で別れたんですから」

松宮は自嘲気味に笑った。こんなきれいな女性を振る男がいるなんて。大人のことはまだよく分からない。女は顔だけではダメなんだ。シホはどことなく安堵した。

「君のアドレスを突き止めたとなるとそれなりの執着性を感じるな」

「その人が三人を殺したんでしょうか？」

松宮が腕をさすりながら言った。

「何とも言えない。ところで君と亡くなった三人は接点があるのかい？」

「いいえ。当日あの電車の中で初めて会いました。それぞれがどこにいるのか分からないので、ゲーム機の通信機能を使って連絡を取り合ってました。ターゲットの乗っている車輌も顔写真もその時にゲーム機に送られてきました。そしておのおのが体形や年齢、服の特徴を知らせるんです。だからターゲットの周囲にゲーム機を持って立っている彼らがすぐに分かりました」

「仕事が終わってから他の三人とは連絡を取り合ってない？」

「あの場ですぐに解散したので、彼らの名前すら知りませんでした」

「そうか……」

霧村さんは腕を組みながら天井を見上げた。

痴漢冤罪のスタッフそれぞれに接点がない。しかし松宮葉子を含めた四人を殺す明確な動機のある人物は一人だけいる。

「犯人は若林さんだよね」

シホは人差し指を立てて言った。松宮がシホの方を見ながら眉をひそめる。

「だってそうじゃない。松宮さんたちはあの三人と結託して若林さんを痴漢に仕立てようとしたんでしょ。その仕返しじゃないの？」

我ながら鋭い推理だ。そしてそのストーカーも若林だ。痴漢前から続いているということは、偶然にも痴漢に陥れた彼がたまたま松宮のストーカーだったということになる。ちょっと偶然が過ぎると思うが、絶対にあり得ない話ではない。

うん、筋も通ってる。

「すごいな、シホちゃん。雨なんかよりずっと名探偵だ」

〔日暮里駅〕

ミキミキさんが松宮の隣で小さく拍手をする。

「えへへへ。それほどでも」

シホはペロリと舌を出す。

「たしかに若林には動機があるな。松宮さんを含めて本来何の接点もない四人を知っているし、その四人に陥れられるところだったんだ。殺す動機も明確だ」

霧村さんもシホの推理を支持する。

「たしかに私たちは若林さんを陥れようとしました。でも未遂だったんですよ。いくら恨んだからって殺すことはないと思うんです。それもどれも事故死に見せかけてだなんて、陰湿だし卑劣だわ。それに私は彼に会ってきちんと謝罪したんです。土下座までしたんです。そのときの彼はとても優しい目をして許してくれました。あの目が嘘や演技だったなんて信じられないわ。もうホントに人間不信になってしまいそう」

松宮が顔を覆う。もっとも若林も当時は同じような気持ちだったろう。他人を傷つけると最終的には自分に跳ね返ってくると校長先生が朝礼で言っていた。

「インガオウホウね」

「おやっ、シホちゃん。難しい言葉知ってるね」

ミキミキさんがおどけたような仕草をする。

「このくらい常識よ。バカにしないで」

といっても漢字は分からない。校長先生の言葉だ。

松宮にとって心に突き刺さる言葉だったようだ。顔を上げて複雑そうな目をシホに向けた。

悪いこと言っちゃったかな。

彼女は思い詰めたような顔をしている。

「犯人は若林さんだとして、どうやって三人の所在を突き止めたのかな。それぞれが初対面のはずだし、互いに自己紹介を交わしたわけでもないだろ。若林の犯行なら少なくとも三人の住所や行動を把握してなきゃならない」

ミキミキさんが次なる疑問を投げかける。

ミステリ作家なんだから少しは推理しなさいよ。

「あのとき、おまわりさんが四人に住所と名前を聞いて手帳にメモしていたよ」

あの日、降りた大塚駅のホームで四人とも口頭でおまわりさんに住所と名前を伝えていた。シホも近くに立っていたので聞こえてしまった。詳しいことまで覚えてないが、松宮が日暮里の住所を伝えていたのは印象に残っている。シホの父方の祖父母が住んでいるからだ。他の三人も名前までは覚えてないが、全員都内に住んでいたはずだ。

「だけど若林さんは警官の近くにいなかったぞ。あの位置では声が聞こえないはずだ」

霧村さんの指摘にシホも当時の状況を思い出した。警官は若林から距離を置いて松宮と三人の目撃者たちから聞き取りをしていた。若林に内容を聞かれないための配慮だったのだろう。若林から十メートル以上は離れていた。すぐ近くに立っていたシホたちは内容が聞き取れたが、若林には無理なはずだ。

「読唇術かもしれないよ」

「ドクシンジュツ?」

ミキミキさんが聞き慣れないことを言った。

「唇の動きで相手が何を話しているか読み取るんだ。だから声が聞こえなくても会話の内容が分かるというわけさ」

彼は得意気に説明する。

「それも無理よ。だって四人は若林さんに背中を向けておまわりさんの質問に答えていたんだもん。若林さんから彼らの唇は見えないわ」

これも警官の配慮だろう。若林の姿が見えてしまうと特に被害者の女性は萎縮してしまうかもしれない。また、いくらもう一人の係員が控えているとはいえ、警官も離れた位置に立つ若林から目が離せない。だから四人は若林に背中を向けて、警官は彼が視界に入るポジションに立っていた。

「そうだったっけ?」

「ミキミキさん、本当にミステリ作家なの。全然ダメじゃん」

彼の書く探偵も同じように抜けているんだろう。本が売れないのも分かる気がする。

「じゃあ、どうやって若林さんは三人の所在を突き止めたというんだ。まさかあの警官が教えるわけないだろうし」

ミキミキさんが首を傾《かし》げる。

「それは分からない。しかし動機はある。彼が犯人である可能性は捨てきれない」

霧村さんが両手を組み合わせてその上に顎を置きながら言った。

「お姉ちゃんにつきまとっているストーカーが若林さんかどうか突き止める必要があるね」

シホがそう告げると霧村さんは頷いた。

〔日暮里駅〕

「さすがシホだ。助手も板についてきたな。だけど学校の勉強もちゃんとやらなきゃダメなんだぞ」

「分かってるよ。これでも成績は悪くないんだから」

算数以外はクラスでも上位にいる。得意のインターネットを使いこなせば学校の宿題くらい楽勝だ。分からないことは親切な誰かが教えてくれるし、いろんな知識も身についていく。

そうこうしているうちに電車は日暮里の駅に到着した。松宮の住んでるワンルームマンションがこの駅から徒歩圏内だという。

「とりあえずしばらく君のマンションを見張って、不審者が出ないか探ってみるよ」

「お願いします」

彼女はぎこちない笑みを浮かべると霧村さんに頭を下げた。

「霧村さん、ちゃんとお金の話をしなくちゃダメだよ。ボランティアじゃないんだから」

シホは肘で彼の脇を突きながら言った。

「ああ、そうだった」

彼は頭を掻きながら言った。

これだから山手線探偵になってしまうのだ。

＊＊＊＊＊＊＊＊

日暮里駅は近くに父方の祖父母が住んでいるためよく利用する。行けば必ず駅まで迎えに来てくれる。優しいおじいちゃんとおばあちゃんがシホは大好きだ。

日暮里駅を出て御殿坂を過ぎながら三分も歩くと「夕焼けだんだん」なる下り階段に当たる。そこから谷中銀座《やなかぎんざ》商店街を見下ろすことができる。

「へえ、案外賑《にぎ》わってるんだな」

霧村さんが通りを眺めながら感心するように言った。ちょうど夕方なので近隣の主婦など買い物客で賑わっている。

「ここは下町情緒があっていいなあ」

ミキミキさんはここに来るのが初めてらしい。さほど広くない通りの両側に肉屋やお菓子屋、履き物屋、たばこ屋、豆腐屋、雑貨屋などが並んでいる昔ながらの商店街だ。中にはイカ焼き、かりんとう、江戸民芸などを売っている店もあって、多少観光客向けに演出した下町情緒が否めないが、心地よい空気が流れる通りでもある。シホはここの商店街が大好きだ。ひとつひとつのお店は小さいが人々の優しさと慈《いつく》しみにあふれた、それでいて可愛らしい街並みだと思う。派手な看板で埋め尽くされる新宿や渋谷の繁華街とはまた違った楽しさがある。おしゃれな茶屋やカフェもあって近隣住民だけでなく若いカップルや外国人観光客も少なくない。

「うちの実家は浜松《はままつ》市なんだけど、郊外に大型のショッピングモールが乱立しているから、こういう昔ながらの商店街は一掃されたね」

「へえ、ミキミキさんって浜松の人なんだ。うなぎパイが有名だよね」

浜松には従兄弟《いとこ》が住んでいるので何度か行ったことがある。彼らの家は鰻屋をやっているのだが、そこで食べる浜名湖産の鰻丼は絶品だ。

「よく知ってるね。古き良き日本の文化というのはもはや東京にしか残ってないかもな。地方は大型フランチャイズが地域に密着していた商店街を根絶やしにしてるからね。どこに行っても似たようなファーストフードやファミレスやショッピングセンターばかりさ。街から個性が消えている。実に魅力のない街並みになってしまったよ」

「そうなんだ」

ミキミキさんが苦々しい顔で頷く。都心生まれで都心育ちのシホからすれば、むしろ煌《きら》びやかな大型のショッピングモールに囲まれる方が羨《うらや》ましいと思うのだが、大人たちにとってはそうばかりでもないようだ。

「うちのおじいちゃん、すぐそこで時計屋さんをやってるんだ」

シホは商店街通りを指さす。ここを真っ直ぐ進んだところにスーパーマーケットが建っているが、おじいちゃんの店はそこから近い。父親には頑固な時計職人だったそうだが、シホにとっては優しい頼りになるおじいちゃんだ。

「へえ、時計職人さんのおじいちゃんってなんか素敵ね」

活気ある商店街の雰囲気が松宮の不安を和ませたのか、彼女は表情を緩ませていた。

「でも、今日はおじいちゃんたちには内緒。こんな時間に歩いていると心配かけちゃうから」

シホたち四人は、人混みをかき分けて商店街を進む。焼きイカの香ばしい匂いが鼻孔をくすぐる。

「私の住んでいるマンションは商店街の突き当たりを左手に曲がったところです」

松宮は前方を指さしながら霧村さんたちを案内する。やがておじいちゃんの時計屋の前を通り過ぎた。おじいちゃんは片目にレンズをはめて腕時計を修理していた。仕事に集中しているようで、こちらには気づかないようだ。シホはホッと胸をなで下ろした。

「ちょっと待ってくださいね」

道中、松宮が小さな店の中に入っていった。看板には「あけぼの総菜店」とある。彼女の後について中に入るとほんわりと夕食の香りがした。それに反応したのかお腹がぐうっと鳴る。今日は霧村さんやミキミキさんがついているから心強いというのもあるのだろう。

「シホちゃん、お腹すいたの？」

彼女はシホのお腹をサッとなでて楽しそうに微笑んだ。

「あけぼのさぁん！」

彼女が声をかけると奥の方から青年が現れた。背の低い人だなあと思ったが、そうではなかった。彼は車いすに乗っていたのだ。まるで漫画に出てくるようなギザギザ山の短髪。色白だけど肌は妙にすべすべしている。丸顔にくりっとした目がどこかユーモラスな印象を与える。広い額《ひたい》を隠すようにタオルをハチマキ代わりにして、エプロンで覆ったお腹はぽっこりと膨らんでいる。全体的に肥満体型だ。ぽっと見、松宮より少し年上、三十代前半といったところ。

「葉子ちゃん、いらっしゃい」

あけぼののさんが人なつこそうな笑みを向ける。

「あら、葉子ちゃん。また来てくれたのね」

あけぼののさんの後ろからエプロン姿の女性が現れた。彼に似てふくよかな体形だけど、顔立ちの可愛らしい女性だ。松宮があけぼののさんの奥さんだと教えてくれた。彼女も威勢のいい声で客たちを出迎える。

「いつものやつ、四つください」

「あいよ」

あけぼののさんは車いすの向きをくるりと変えると、トングを使って鉄製のトレーに並んでいるコロッケを四つ取り出して、慣れた手つきで紙袋に入れた。

「葉子ちゃんがこっちに来てそろそろ一年かな。お祝いに二つおまけしておくよ」

「うわあ、ありがとう！」

松宮は手を組むと顔をほころばせた。そんな彼女を見ながらあけぼののさんも目尻をだらりと下げてにっこりと微笑む。どこか安心感のあるお兄ちゃんだ。

「最近、彼氏さんを見ないね。前は一緒に来てくれたじゃないの」

「実は、別れちゃった」

彼女は笑みを苦くした。

「そうなんだ。かっこいい彼氏さんだったのに」

「男性は見た目だけじゃないわ」

同感だ。でも見た目も重要だ。

あけぼのさんは肩をすくめるとコロッケの入った紙袋を松宮に手渡した。

「で、そちらの方たちは？」

「ああ、こちらは霧村さんと三木さん。そして可愛い女の子がシホちゃん」

シホと男二人はあけぼのさんに向かって会釈した。

「シホちゃんは、道山時計店のお孫さんなのよ」

「へえ、道山の時計屋さんの！　しばらく見ないうちに大きくなったね。全然分からなかったよ。前見たときはこんなに小さかったのに」

あけぼのさんは手のひらを自分の膝当たりまで下げて笑った。シホもおばあちゃんに連れられて客の行列に並んだことはうっすらと覚えている。でもその時のあけぼのさんは車いすではなかったような気がする。

「あそこのご夫婦はうちのお得意さんだよ。僕もこの時計を修理してもらったんだ。

親父の形見だからね。おかげさまで正確に動いてるよ」

そう言いながら、あけぼのさんはシホに腕時計を向けた。金色のシンプルなデザインの時計だった。オメガという外国製の時計らしい。秒針の動きが神経質なほどに小刻みだ。

「おじいちゃん、腕は確かだからさ」

「もちろん。だから安心して任せられるんだ。この商店街はそれぞれの店が誇りを持って仕事をしてるからさ。君のおじいちゃんたちが守り続けてきたものを、今度は俺たち若手が受け継いでいくんだよ」

シホは嬉しくて体が浮き上がりそうになった。おじいちゃんの情熱がこの商店街に息づいている。それを守ろうとする人たちがいる。そんなおじいちゃんが誇らしい。

「えー、皆さん。ここのコロッケは世界一美味しいんだよ」

お返しというわけじゃないが、シホもあけぼのさんのコロッケをアピールした。世界一というのもあながち嘘ではない。

「あら？　やっぱりシホちゃんもここのコロッケのことは知ってるのね」

「当たり前だよ。おばあちゃんちに遊びに行くと、いつも買ってきてくれるんだもん。ていうか谷中銀座の超有名店だからさ。ここら辺に住む人で知らない人はいないよ」

「霧村さんも三木さんもよかったらどうぞ」

松宮は紙袋を開いてシホたちに中身を見せた。湯気がほんのりと立ち上っている。

「ほら、シホちゃんも食べてみて」

シホはお礼を言うと手を突っ込んで一つ取り出してみた。

「シホちゃん、うちの特製ソースつけるのを忘れないで」

あけぼのさんがソースの詰まった容器をシホに手渡した。四人はソースをコロッケにかける。

「うまっ！」

何度も食べたことがあるのに思わず声が出てしまう。

サクサクのころもの中に熱々のすりつぶしたジャガイモと挽き肉がたっぷりとつまっていた。どこか懐かしい味が口の中で広がるとほんわりと気持ちが和む。特製ソースとの相性も抜群だ。

霧村さんもミキミキさんもホクホクさせながら頬張っている。

「ああ、ノスタルジーだわぁ」

「ノスタルジーって、君は十年しか生きてないじゃないか」

ミキミキさんがツッコミを入れてくる。

「うっさいなあ、もう！　郷愁とか哀愁とか大人だけの感傷だと思ったら大間違いよ」

シホが頬を膨らませるとあけぼのさんが「相変わらず面白いお嬢ちゃんだね」と笑った。

「あけぼのさん、コロッケ十個ちょうだい！」

そうこうしているうちに他の客が店の中に入ってきた。コロッケが人気のようだ。次から次へとやってくる客のほとんどがコロッケを買っていく。

「じゃあ、ごちそうさま。明日も買いに来るね」

松宮が店を出ながらあけぼのさんに向かって手を振る。

「明日は木曜日だからうちは休みだよ」

外の看板を確認するとたしかに木曜定休日と書いてある。

「ああ、そうだったっけ。休みの日は無性に食べたくなるのよね。年中無休にしてくれないかしら」

「無茶言うなよ。僕だって人間だ。休みがほしいよ」

あけぼのさんは他の客をさばきながら苦笑いした。

「人をたくさん雇えばいいじゃないの」

「無理無理。うちみたいな小さな店で売ってるのはコロッケだもん。給料が出せないよ」

ひとつ百円だからかなりたくさん売らないと儲けにならないという。

「だったらたくさん作ればいいじゃん」

シホは人差し指を立てて言った。たくさん作ってたくさん売れば儲かるだろう。

あたしが経営者だったらそうするね。

「そう簡単にはいかないんだよ。総菜ってのはその日の天気や気温によって売れ行きが大きく変わるんだ。頑張ってたくさん作っても、売れ残ったりしたらそれこそ赤字さ」

「ふうん。コロッケビジネスも難しいんだね」

大人の仕事ってやっぱり奥が深い。何気なく食べているものにも大人たちの情熱や知恵がこもっていることを実感した。

「あけぼのさんのコロッケは生きているうちにいくつ食べられるかねえ」

客の一人である腰の曲がったおばあさんが会話に入ってきた。シホが年齢を尋ねると今年九十になるという。

「ええっ！　あたしの九倍じゃん！」

「あら、可愛い子だねえ。近所の子かい？」

「いえ。住んでいるのはここではないんですけど、道山時計店はあたしのおじいちゃんのお店です」

「ほぉ、あんたが道山さんちのお孫さんかえ。あんたは覚えておらんかもしれんけど、赤ちゃんのあんたをあたしがお宮さんまでおんぶしたことあるんだよ」

「本当ですかぁ！　その節はお世話になりました」

シホはおばあさんに頭を下げる。

「まあ、すっかり美人のお姉ちゃんになっちゃって。長生きするとこういうことが嬉しいわぁ！」

おばあさんがおどけたように言うと、店の中はコロッケの香ばしい匂いと一緒に明るい笑いに包まれた。なんて心地よいお店なのだろう。

「清水のおばあちゃんは、まだ三十年は生きるから。あと三万個は食べられるんじゃないかな。その前にこっちが先にくたばっちまうよ」

あけぼののさんは車いすの上で頭を掻きながら笑った。

「三十年ってあんた、そんときあたしゃ百二十歳だよ。そんな長生きするババアがどこにおるね？　迷惑迷惑」

「そんなことないよ。この商店街で清水のおばあちゃんに励まされている人は多いんだから。長生きしてよ」

あけぼののさんの言葉に彼女は照れたような、同時にまんざらでもなさそうな笑みを浮かべた。

「さてと。おバアは帰るわね。最近ちょっと物忘れがひどくなったから、一人で外に出ると嫁や孫たちから心配されるのよ。たしかに自分の名前が出てこないこともあるからねぇ。呆けが始まっちゃったみたいよ」

清水のおばあさんはコロッケを受け取ると少しだけ寂しそうに言った。

「でも家に引きこもってちゃダメだよ。できるだけ外に出て商店街の人たちとお話するんだ。そうすることで脳細胞が刺激されて呆けにくくなるから」

「まあ、どんなに呆けてもあんたんところのコロッケの味だけは忘れないよ」

「そうだよ、清水さん。うちのコロッケはどんな病院で出してくれる薬よりずっと効くんだから」

あけぼののさんの商売人らしい威勢のいい声が返ってくる。

「じゃあ、明日、また買いに来るから」

「明日は木曜日だから休みだってば」

「ああ、そうだった。やっぱり呆けてんのかねえ」

清水のおばあさんは袋を持ってゆっくりと外に出ようとする。並んでいた客たちが気を利かせて道を空ける。

「すまんね、こんな年寄りで」

「そんなことないですよ」

松宮が笑顔を返した。

「あら？　みすずちゃん？」

清水のおばあさんは彼女の顔を見て目を丸くした。

「違うよ、清水さん。その人は葉子さんっていうの」

あけぼのさんが客をさばきながらおばあさんの勘違いを訂正する。

「そうだよねぇ。ここにみすずちゃんがいるわけないもん。ごめんなさい。こりゃ本格的に耄碌《もうろく》してきたようだねぇ」

おばあさんはカラカラと笑いながら店を出て行った。

「ねえ、誰？　みすずちゃんって」

松宮が興味津々といった様子であけぼのさんに尋ねる。

「ああ、以前この商店街にいた女性だよ。もういなくなっちゃったけどね」

彼は忙しそうにして答えた。

「その人、私に似てるとか？」

「どうかなあ。似てるといえば似てるくらいかな」

「なあんだ。てっきり私のそっくりさんかと思ったわ」

「まあ、清水のおばあちゃんも元気だけど、ちょっと忘れっぽくなってきたからね」

あけぼのさんがハチマキを締め直しながら言った。松宮には肩透かしだったようだ。「ふぅん」と唇を尖らせた。

そうしている間にも客は次から次へと入ってくる。その誰もがコロッケを買い求める。

「じゃあ、明後日も買いに来るね」

松宮が忙しそうにしているあけぼのさんに声をかけた。彼は松宮の方を向くと、

「葉子ちゃん、男なんて他にもいくらでもいるんだ。元気出しなよ！」

と言って親指を立ててみせた。彼女は大きく頷いて店を出た。いつの間にか店の

外には長い行列ができあがっていた。

「あけぼのさんはどうして車いすに？」

通りを歩きながらミキミキさんが松宮に聞いた。

「数年前に交通事故に遭ったんですって」

「そうだったんだ……」

彼は神妙な表情で声のトーンを落とした。シホが前に見たときは車いすじゃなかったから四、五年前といったところだろう。

「でもあけぼのさんの作るコロッケは美味しいな」

今度は霧村さんが努めて明るく言った。たしかに美味しい。もうひとつ食べたいくらい。

「ええ。私も駅からの帰り道によく立ち寄っていきます。何度食べても飽きないですね」

やがて四人は松宮の住むマンションに着いた。

「前は高円寺に住んでいたんですが、仕事の関係でこちらに引っ越しました。ここに住んでからそろそろ一年になります」

あけぼのさんが一年のお祝いといってコロッケをオマケしてくれてたっけ。

〔日暮里駅〕

シホたちは松宮のあとについて谷中銀座からよみせ通りを横切って細い路地に入る。しばらく進むと彼女は立ち止まった。

「ここです」

彼女のマンションはこれといって他と代わり映えのしない物件だった。築十年くらいだと松宮はいう。霧村は周囲を見渡している。商店街の通りは混雑していたが、ここは閑散としている。

「とりあえず日暮里駅からここに来るまで誰にもつけられてなかったと思う」

霧村さんは松宮に告げた。

「霧村さん。そういうことが分かるんですか？」

「これでも一応、探偵だからね」

霧村さんは一度見た他人の顔は忘れないという。多少変装していてもすぐに見破るそうだ。本人曰《いわ》く、記憶力と観察眼には自信があるらしい。尾行されていてもすぐに勘づくという。

そういえば先日も、電車で松宮と痴漢を目撃したと主張する三人が直前までポーステ3Dをいじっていたのを見逃さなかった。その彼が言うのだから間違いないのだろう。むしろストーカーがつけていてくれれば、霧村さんに突き止められたはずだ。今日はストーカーにとって幸運だったといえるかもしれない。

「しばらくここから見張ります」

霧村さんはマンションから少し離れた位置に立って松宮にそう告げた。ここからならマンションの出入り口、彼女の部屋の玄関が見える。さらにマンションの周囲をある程度、視認することが出来る。不審人物が近づいてきてもすぐに対応できるというわけだ。

「こんなところでずっと立っているんですか？」

松宮が心配げに言った。

「ドラマや映画だと探偵は車やアパートに部屋を借りて張り込んでいるシーンが多いけど、実際はこうやって立ちんぼがもっとも多いんだ。俺たちは『立ち張り』と呼んでるけどね」

こういった場所での立ち張りは周囲の住民に警戒心を与えてしまい、時には警察に通報されることもある。周囲の冷たい目に晒《さら》されるという針のむしろの状態で何時間も立ち続けなければならない。この立ち張りによる精神的苦痛に耐えられなくて辞めていく探偵も多いと彼はいう。体力以上に精神的な図太さが要求される仕事なのだ。テレビドラマを見ると、もっとスマートでかっこいい職業だと思っていた

〔日暮里駅〕

けど実際は地道で泥臭い仕事が多いらしい。これが本当の大人の仕事なのだろう。

「だから気遣いはご無用。これも探偵の仕事だからね」

「ごめんなさい」

彼女は申し訳なさそうに頭を下げた。若林さんを陥れようとしたが、根は悪くない。あけぼのさんとの会話でも分かる。本当は心優しい女性なのだ。

「そういえばストーカーから妙なメールが来てたと言ってたね。もし差し支えなければ確認したいんだけど」

「ええ、お願いします」

松宮はバッグからケータイを取り出すと画面を開いて霧村さんに渡した。シホはミキミキさんと一緒に画面を覗き込む。そしてそのうちのいくつかを拾い読みする。

〈君がつき合っている男は、君の思っているような誠実な人間ではない。気をつけてください〉

〈あんな男とつき合っているあなたが心配です。どうか彼に騙されないでください〉

〈彼は卑劣な男です。あなたにはふさわしくない男です。僕はあなたに幸せになってほしいと思ってます。素敵な恋をしてほしいと願ってます〉

文面を読む限り、松宮を脅すような内容ではなかった。言葉遣いもきちんとしているし、送り主の誠実な人柄も感じられる。

「これのどこがいけないの？　ロマンチックじゃない。どこかでお姉ちゃんのことを見守ってくれているんだよ。この男の人はお姉ちゃんのことを心から大切に思っているんだと、あたしは感じるけど」

と、シホは主張する。

スカートめくりに情熱をかけるユウキくんなんかよりずっとずっとマシだ。

「シホにはまだ分からないかな。いくら丁寧で誠実でも相手が見えないってのは大人の女性にとってとても怖いことなんだ。考えてごらんよ。ずっと誰かに見られているんだぞ。不気味じゃないか」

「そっかなあ。自分のことをそっと陰から見守っててくれる男の子がいたら、あたしは嬉しいと思うけどなあ」

霧村さんの隣では松宮が微苦笑している。この状況で怖がるのが大人の女性というものらしい。覚えておこう。

「ひとつ大事なことを忘れてないか、シホちゃん。このメールの送り主は人を殺しているかもしれないんだ」

「あっ、そうだった」

ミキミキさんの指摘に思わず手をたたく。さらには松宮の命も狙っている可能性もあるんだった。そう思うと彼女の苦笑の中にも不安が見え隠れしている。

「この画像は？」

突然、霧村が画面を彼女に向けて尋ねた。覗き込むと若い男女が写っていた。男性は長身のイケメン、女性はモデルを思わせる。松宮にも引けを取ってない美形だ。

「男性の方はつい最近別れた彼氏です」

「この女性は？」

「名前までは知りませんよ。彼の浮気相手の一人ですから」

松宮は苦々しそうに答えた。

写真の二人は撮影者に気づいてないようだ。その二人の行為に思わずシホは口を手で覆った。男女はどこかの路上でキスを交わしている。これらの送り主のアドレスはフリーメールだった。彼女のケータイにもパソコンにも登録がないから分からないという。

「同じような写真が他にも何枚か送られてきました」

そう言いながら松宮は画像を表示させて霧村に見せる。彼はその一枚一枚を検分した。

「すごいね、このお兄ちゃん。取っ替え引っ替えじゃん」

先週に送られてきた十数枚の写真には少なくとも松宮じゃない女性が三人写っている。どれも美しい女性ばかりだ。ご丁寧に画像すべてに撮影日時と場所が記されている。それらを確認するとここ一ヶ月ほどの出来事らしい。

「なかなか大胆な男だね。女たらしにもほどがある」

ケータイを受け取ったミキミキさんが感心したように言う。

場所は上野《うえの》や鶯谷《うぐいすだに》などどこここからさほど離れてない。山手線で一駅や二駅である。それどころか日暮里駅近くの画像もある。この男性は彼女の目と鼻の先で浮気を繰り返してきたということだ。

「ちょっともう一回見せてくれ」

突然、霧村さんがミキミキさんからケータイを取り上げる。そして画面を凝視した。

「どうした、雨」

霧村さんはミキミキさんには答えず、松宮の名前を呼んだ。

「君はこの男性と別れたんだよね？」

「ええ。最初はごまかそうとしていたけど、さすがにこの写真を突きつけたら浮気を認めましたからね。あっけなかったですよ。逃げるようにして私の前から去って行きましたもん。それから音信不通です。私って本当に男運がないんです」

彼女は泣き笑いの表情で言った。

「それからどう？　まだ誰かにつけられている気配を感じるかい？」

「つけられているというより見られているって感じかな。一時期はつけられているって感じたこともあります。そちらの方はちょっと怖かったですね。気配というよりむしろ殺気でしたから」

「今と、その一時期では気配が変わった？」

「ええ。言葉ではうまく言えないけど、そんな感じがしますね。今は殺気というより観察されているような気配です。気味が悪いとは思うけど、怖いとまでは思いません」

松宮は顎先に人差し指を当て、首を傾げながら答えた。気配から判断できるなんて案外、勘の鋭い女性なのかもしれない。

「今と、その一時期ではストーカーが別人という可能性は考えられないかな？」

「別人？　ああ、そういえばそんな感じもしますね。気配が全然違いますから」

シホには霧村さんが何を言いたいのかよく分からなかった。ミキミキさんも同じようでポカンとした顔を向けている。答えている松宮ですら霧村さんの真意を測りかねているようだ。

霧村さんはケータイの画面をパタンと閉じた。

「とりあえずこの写真を送った人物の見当はついた」

「はぁ？」

霧村さんの言うことに一同、素っ頓狂な声をあげる。松宮は「嘘」と手を口に当てていた。たったこれだけの材料で目処《めど》がつくなんてシホも信じられなかった。

「霧村さんってもしかしてエスパー？」

「まさか。とにかく確かめに行こう」

霧村さんは松宮のケータイを片手にシホたちを促して歩き始めた。その人物が徒歩圏内にいるのか。半信半疑でついていくと二分で到着した。そこは「あけぼの惣菜店」の前だった。先ほどから比べると客はかなり減っている。陳列されている商品も随分と売りさばけたようだ。ほとんど空の状態だ。

外で待つこと二十分。

閉店らしくあけぼのさんが車いすのまま店の外に出てきた。シャッターを閉めるつもりらしい。霧村さんが声をかけると彼は少し驚いたような顔を向けた。

「何か買い忘れ？　もう閉店なんだけど」

彼の声は戸惑いを含んでいた。

「いえ。ちょっと松宮さんに送ったメールのことで確認したいことがありまして」

「な、なんだよ、それ？」

あけぼのさんは車いすの上で体をのけぞらせた。メールと言っただけなのに妙に反応が大げさだ。

「この写メを送ったのはあなたですよね？」

霧村さんは彼女のケータイの画面を開くと画像を向けながら言った。

「ちょ、ちょ、ちょっと……。ど、どういうこと……だよ？」

あけぼのさんの声がうわずっている。いつの間にか顔面は蒼白だし、目の動きがキョロキョロと落ち着かない。

「あなたはずっと彼女を監視していた、いや、見守っていた。違いますか？」

霧村さんの指摘に首を横に振るが、口をパクパクとさせるだけで言葉にならなかった。やがて目を閉じて呼吸を整えてから再び霧村さんを見つめると、

「まさか」

と絞り出すような声で否定した。

「何を根拠にそんなことを言うんですか?」

「まずは写真の撮影日時です。これらはすべて木曜日です。つまり撮影者は木曜日休みの仕事をしていると推測できる」

そういえばあけぼの惣菜店は明日定休日だと言っていた。明日は木曜日だ。

「ちょっと待ってよ。あたしが通っている歯医者さんだって木曜休みだよ」

シホが口を挟んだ。さらにいえば家の近くのお蕎麦屋さんも木曜が定休日だ。他にもそんな仕事はいくらでもある。それだけであけぼのさんに特定するのは飛躍しすぎじゃないの?

「撮影場所が近場ばかりだ。特に最寄り駅からそう離れてない。だから撮影者の行動範囲に制限があるんじゃないかと思ったんだ」

「つまりあけぼのさんが車いすだからということ?」

シホが先読みすると霧村さんは頷いた。

「さらにこの写真のアングルだ。どれも少し視線が低いだろ」

画像を確認すると確かにそうだ。大人の視線ではない。あけぼのさんは車いすだからどうしても視線が低くなる。

〔日暮里駅〕

「そしてこの画像だ。電柱の前に車が停まってるだろ」

霧村さんが画面を指さした。黒いワンボックスカーが停まっている。

「ボディーの部分をよく見ると撮影者の影が写り込んでるだろ」

シホは目をこらしてみた。たしかにぼんやりと人影が浮かんでいる。それは椅子に座っているように見える。しかし全体的にぼんやりしているので顔立ちがはっきりしない。

「何ならうちのパソコンで画像解析をかけますよ。探偵が使う特殊なソフトがあるんでね。そうすればこの人影がもう少し鮮明にできます」

霧村さんが松宮葉子に告げると、

「分かった。正直に言うよ」

とあけぼのさんが観念したように片手をあげた。松宮はそんな彼をまじまじと見つめた。

「あけぼのさん……どうして？」

「霧村さんの言うとおり、このメールを葉子ちゃんに送ったのは僕なんだ」

彼は車いすの上ではっきりと認めた。彼女のメールアドレスは商店会組合に登録されているポイントカードのデータで知ったという。商店街はポイントカードを発行していて、その際にメールアドレスで登録する方式になっている。彼女はケータイのアドレスを使って登録したのだ。

「だからどうして？」

松宮が戸惑ったような表情で彼に問い質《ただ》す。

「君のことが心配だったんだ。だから浮気を繰り返しているこの男のことが許せなかった。それだけの理由だよ」

あけぼのさんの表情にシホが想像する変質者のイメージはなかった。むしろその眼差しは真っ直ぐで誠実なものに思えた。

「それは松宮さんに対する恋心かな？」

ミキミキさんがあけぼのさんに尋ねる。しかし彼は首を横に振った。

「たしかに自分の素性を隠して彼氏の浮気現場の証拠メールを送っていたわけだから、ストーカーに思えたかもしれない。もちろん葉子ちゃんのことは好きだよ。でもこれは恋愛感情とは違うんだ。僕には愛する妻がいる。もっとも僕が葉子ぢゃんに恋心を持ったとしても、こんな足ではどうにもならないだろ」

あけぼのさんは自嘲気味に笑って自分の動かない太ももをポンポンと叩いた。

「そんなことないよ……」

〔日暮里駅〕

松宮が哀しそうな顔をして首を横に振る。

「恋心でなければどういう感情なんですか？」

ミキミキさんがさらに問い質す。

「どうしても彼女にだけは幸せになってほしいと思うだけなんだ」

「それでは納得できない。あなたは彼女と出会ってまだ一年やそこらなんでしょ。そんな相手にそこまで思い入れるってのは不自然ですよ」

ミキミキさんの言葉にあけぼのさんは表情を硬くした。どうやらその先をあまり語りたくないようだ。

「あっ！　そういえば思い出した！」

シホは思わず手を叩きながら言った。

「何を思い出したんだ？」

と霧村さんが尋ねてくる。

「交通事故のこと。何年か前にうちのおばあちゃんから聞いたんだ。商店街組合の若い兄妹が交通事故に遭ったって。お兄ちゃんの方は助かったけど、妹さんは亡くなったって」

四年ほど前だろうか。祖父母の家に遊びに行ったとき、おばあちゃんが気の毒だと涙ながらにおじいちゃんに話しているのを聞いたことがある。

「もしかして交通事故に遭った兄妹ってあけぼのさんのことなの？」

シホは彼に尋ねた。あけぼのさんは口をぎゅっと結んだまま頰に力を入れていた。

「その妹さんの名前ってみすずさんっていうんじゃないの？」

みすずさん。先ほど清水のおばあさんが松宮の顔を見て呼びかけた名前だ。そして「ここにみすずちゃんがいるわけがない」と言った。

「本当は似てるんだよ。葉子ちゃんがみすずと。そっくりなんだ。初めて君が店の客として訪れた一年前、僕は驚きを隠すのに精一杯だった。妹が戻ってきたのかと思ったくらいだ」

あけぼのさんは慈しむような目で松宮を見た。その瞳はうっすらと充血している。

「ごめんな、葉子ちゃん。君を裏切る彼氏のことがどうしても許せなかったんだ。俺のしたことはプライバシーの侵害だし、ストーカー行為に他ならない。いくらお兄ちゃんになったような気分でしたことだと言っても、君には関係ないことだし、行為そのものは俺の自己満足以外なにものでもないんだ。君には怖い思いをさせてしまったよ。本当に、本当に申し訳ありませんでした」

彼は車いすの上で松宮に向かって深々と頭を下げた。

「あけぼのさん。頭を上げてください」

頭を下げた彼をしばらく見つめていた松宮が静かに声をかけた。彼は頭を上げて松宮を見上げた。

「たしかに相手を見張ったり匿名のメールを送りつけてくるのは良くないことだと思うよ。だけど気持ちはとても嬉しいの」

「僕のしたことはストーカー行為だよ。仕事が終わってから君のマンションを見張ったこともある。それなのにどうして嬉しいなんて言えるんだい？」

「だってあなたは、やっぱり私の知ってるあけぼのさんだったんだもん。妹さん思いの心の優しいお兄ちゃん。みすずさんも『しょうがないなあ、お兄ちゃんったら。相変わらず心配性なんだから』って天国で思ってるよ、きっと」

あけぼのさんが鼻を啜《すす》りながら小さく頷いた。ほんのりと微笑む松宮の顔が妹に思えてしょうがないのだろう。慈愛に満ちた愛おしそうな眼差しだ。

「あけぼのさん。ちょっといいですか」

突然、霧村さんが二人の間に割って入った。ミキミキさんも松宮も表情を和らげているのに対して、彼だけはまだ探偵らしい鋭利な目をしていた。

「なんでしょう」

「松宮さんのマンションを見張っていたんですよね。そのとき怪しい人物って見かけませんでしたか？」

シホは「えっ？」と霧村さんを見た。他にも彼女のことをつけている人間がいるということか。

「そういえば……。三回ほど不審な人物を見かけましたね。バイクに乗った男性なんですが、距離を置いて葉子ちゃんのことを眺めているように思いました。彼女がマンションに入っていくのを確認してから立ち去ったんです」

「どんな男性でした？」

「いや、それがフルフェイスのヘルメットをしていたので顔は分かりません。身長は少し高めだったかな。ちょうどあなた方二人のような体形です」

あけぼのさんは霧村さんとミキミキさんを指さしながら言った。

「バイクのナンバーとか覚えてませんか？」

「すみません。少し距離があったので読み取れませんでした。近づこうとしたらすぐに立ち去ってしまいましたから」

「明らかに松宮さんをつけていた？」

霧村さんの口調が鋭さを増す。

「うーん、それは微妙ですね。ヘルメットは彼女の方を向いていたとは思うんですが、本当に彼女を見ていたかどうかと言われると自信がありません。ただ、三日連続で見かけたのでちょっと気になったんです。葉子ちゃんにも注意しようかどうか迷ったけど、確証もなかったし、いたずらに不安にさせても悪いと思いましてね」

「最後に見かけたのはいつですか？」

「四日ほど前かな。それからは姿を見せなくなりました。だからやっぱり思い違いだったのかなと思い直したところだったんですが……」

あけぼのさんが顎をさすりながら目を細めた。霧村さんは腕を組んで考え込んでいる。

「あけぼのさん」

しばし沈黙が流れた後、松宮が彼の名前を呼びかける。

「葉子ちゃん。もう、あんなことはしない。約束する」

「許さない」

「えっ？」

松宮の思いも寄らぬ返事に一同、彼女を見た。しかし彼女はいたずらっぽい微笑みを浮かべている。

「罰として明日一日、私のボディーガードとしてお買い物につき合うこと。そして帰りにコロッケ十個プレゼントすること。それで許してあげるわ」

「葉子ちゃん……」

強ばっていたあけぼのさんの表情がとろけるように緩んでいった。塀の上に寝そべっている猫が退屈そうにこちらを眺めている。

「じゃあ私、部屋に戻るから。霧村さん、立ち張りお願いします」

彼女は頭を下げるとマンションの方に向かって歩いて行った。

「よかったね、あけぼのさん」

シホは、車いすの上で幸せそうに微笑みながら彼女の消えていった方を眺めているあけぼのさんに声をかけた。

「やっぱり葉子ちゃん、みすずにしか思えないんだよなあ」

「だめじゃん。全然反省してないじゃん」

シホはあけぼのさんを指さして言った。

「妹とケンカすると俺が兄貴だから大抵こちらが折れることになるんだけど、そうするとみすずは必ず『罰として買い物につき合うこと』って仲直りの条件をつけてきたんだ」

〔日暮里駅〕

彼は懐《なつ》かしげに空を見上げながら言った。シホの目にもそんな兄と妹の姿が浮かんでくる。シホは一人っ子だ。優しいお兄ちゃんがほしいと何度も思ったことがある。

「あけぼのさん。彼女は僕のクライアントです。僕が責任を持って彼女を守りますから大丈夫です」

霧村さんは彼に近づいて力強く告げた。

「霧村さんといいましたね。あのメールの画像だけで僕を突き止めてしまうなんて驚きました。彼女がクライアントって、あなたはいったい何をなさっている方なんですか?」

「探偵です」

霧村さんは胸に手を当てて答えた。あけぼのさんは意外そうな目で彼を見上げた。

「それもただの探偵じゃないよ。伝説の山手線探偵なんだよ」

とシホが付け加える。こうやって口コミ効果を狙うのだ。

「ああ、なるほど。道理でね。それで納得しました。あなたなら彼女のことを安心して任せておけます。葉子ちゃんのこと、よろしくお願いします」

あけぼのさんは真剣な眼差しで頭を下げる。

「任せてください」

霧村さんの力強い返事を聞いて満足げに頷くと車いすを発進させた。そしてゆっくりと店の中へと消えていった。

「さて、と。仕事を始めますか」

霧村さんがパンと手を叩く。

「あたしもつき合うよ」

「バカ言うな。子供はもう帰る時間だ。宿題だってあんだろ」

「ケチ！　大人ぶってんじゃないわよ」

「だから俺は大人だって」

隣ではミキミキさんが苦笑していた。

「見ろ。やっぱりここは夕焼けが似合う商店街だな」

霧村さんに言われてシホは通りを見渡した。お店の壁もガラスも電柱も、買い物バッグをさげたお客さんや仕事帰りのサラリーマンや自転車に乗っている学生たちも、屋根を歩く野良猫も、目に映るものすべてがあかね色に染まっていた。

〔日暮里駅〕

＊＊＊＊＊＊＊＊

谷中銀座商店街にある「谷中亭《やなかてい》」は最近オープンしたらしいカフェである。夕焼けだんだんを降りると真っ先に目に入る、落ち着いたデザインのそれでいて古き良きを残した下町情緒あふれた和風を基調としたカフェだ。

土曜日ということもあってか、先日は主婦層が多かったこの界隈《かいわい》も、今日は観光客と思われる若者や外国人で通りはごった返している。谷中銀座は規模は大きくないけれど商店街でありながら観光スポットでもある。たしかに何度遊びに来ても楽しいし飽きない。そして下町独特の温もりや和みに包まれている。

霧村さんとシホは店に入った。中は若いカップルで賑わっている。一番奥のテーブルに松宮葉子が座っていた。こちらに気づくと彼女は立ち上がって一礼した。

「お待たせしました。本当にすみませんね、こんなところで」

霧村さんが謝ると彼女は恐縮したように首を横に振った。

「とんでもないです。こちらこそこんなところまでご足労いただいちゃって申し訳ないです。今日はシホちゃんも一緒なのね」

カノジョはシホを見ると嬉しそうに微笑んだ。

「お姉ちゃん、ごめんなさい。本当なら事務所でするべきなんだけど霧村さん、家賃滞納して追い出されちゃったから」

「こ、こら、余計なことを言うな」

霧村さんがシホの頬をつねる。

「痛いなあ、もぉ」

「今日は仕事の邪魔をしないって約束で連れてきてやったんだぞ」

「分かったよ。おとなしくしてます。そん代わり約束通りパフェだよ」

シホはほっぺたを膨らませて席に着いた。

「相変わらずシホちゃんって可愛いのね。お人形さんみたい」

松宮がシホの頬を人差し指でチョンとつつく。シホがぶうっと口から音を出すと彼女はケラケラと笑った。

「シホ、ここは抹茶系ばかりだぞ」

霧村さんがメニューを開いてみせた。

「抹茶系好きだよ。あっ、抹茶パフェがあるじゃん！」

「甘いものを食べたらちゃんと歯を磨けよ。虫歯になっちゃうから」

「うっさいなあ。電動歯ブラシ持ってるもん」

シホはポーチからおばあちゃんに買ってもらった電動歯ブラシを取り出して見せた。そんなやりとりを見ながら松宮がフフフと笑う。

「なんだかお二人を見てると本当の親子みたいですよ」

「ええ？　僕が父親になんか見えます？」

霧村さんが彼女にメニューを差し出しながら言った。

「はい。優しくて素敵なお父さんって感じですよ」

「そんな風に見えるかなあ？　自分に娘がいるなんて想像もつかないよ」

「霧村さん、ご結婚は？」

「結婚どころか相手もいませんよ」

霧村さんはおどけたように首をフルフルと左右に振った。

「そりゃ、そうよねえ。今の状態じゃ、家族を養うなんて夢のまた夢だもんねえ」

「だからお前は黙ってろって」

霧村さんはシホにゲンコツをするポーズをする。松宮も楽しそうに笑っている。

霧村さんが自分のお父さんなんてあり得ない。出来の悪いお兄ちゃんって感じだ。

「じゃあ、私もシホちゃんと同じ抹茶パフェにしようかな」

松宮はメニューを指さしながら言った。それを見ながら霧村さんがモジモジしている。

「霧村さんはどうすんの？」

「じゃ、じゃあ、俺も……」

松宮がプッと吹き出した。そしてケラケラと笑い出す。

「え？　そんなにおかしい？」

「ごめんなさい。男の人がパフェ食べてる姿を想像するとつい……。なんか可愛い」

霧村さんが顔を真っ赤にして俯いた。

「甘いものが好きなんですか？」

「うーん、まあ、好きじゃなくもないってところかな」

彼が回りくどい言い回しをする。

好きじゃなきゃ、パフェなんて注文しないでしょ。メニューには普通の珈琲とか紅茶とかあるんだから。

周りを見てもパフェを食べている男性なんて一人もいない。

「私立探偵ってハードボイルドなイメージだったから。フィリップ・マーロウなんてウィスキーとタバコが似合うじゃないですか」

「マーロウと比べられちゃうかね」

霧村さんが困った顔をして笑う。

「ねえ、マーロウって何？　麻婆豆腐みたいなもの？」

シホの質問に今度は霧村さんが噴き出した。松宮は悪いと思ったのか肩を揺すらせながら笑いをこらえている。

「レイモンド・チャンドラーって人が書いた小説に出てくる主人公だよ。フィリップ・マーロウといってね、ロサンゼルスの私立探偵なんだ」

「ふうん。その人、かっこいいんだ」

シホが尋ねると松宮がパッと顔を輝かせた。

「すっごく素敵な男性よ。ダンディズムよね。やっぱり私立探偵はああじゃないと」

「悪かったね。俺はタバコはやらないし、酒も強くないよ」

霧村さんが少しふてくされて言う。

「そ、そんなつもりで言ったんじゃ……」

松宮が慌てて取りなそうとするが、

「パフェが好きだしねぇ」

と、シホはさらに追い打ちをかけた。

「探偵は頭を使うから糖分が必要なんだぞ」

霧村さんは気を取り直したように咳払いをする。それに合わせて松宮が居住まいを正した。シホも彼女に倣《なら》う。ここからは大人の会話だ。

「とりあえずここ一週間ほど立ち張りを続けてみました。もちろん外出時のあなたにもずっと目を光らせてました」

霧村さんはもったいぶったように一呼吸置いた。

「それで……どうだったの？」

松宮は心持ち神妙な顔をして身を前に乗り出した。

「結論から言いますと、不審な人物は認められなかった。あなたをつけているストーカーは僕が見張ってる範囲では存在しなかった」

霧村さんの言葉を聞いて安堵したのか、彼女は背もたれに体を傾けながら大きなため息をついた。

「あけぼのさんが言っていたバイクの男はどうなの？」

「それも見かけなかった。とにかくこの一週間において松宮さんを監視したり尾行している人間はいない。それは自信を持って断言できます」

〔日暮里駅〕

自身の仕事に相当な自信があるのだろう。彼は力強く言った。

「つまりやっぱり私を見張っていたのはあけぼのさんだけだったってこと?」

松宮が安堵と脅威をない交ぜにしたような落ち着きのない目を向けた。

「もしそうだとしたら、三人を殺したのもあけぼのさん?」

シホは自分の推理のおぞましさにゾッとした。しかしすぐに否定する。車いすの彼がそこまでできるはずがない。特にハイキング途中だった女性を崖から突き落とすなど絶対に無理だ。山道はただでさえ足場が悪いのだ。それによくよく考えてみると三人が殺害された曜日は木曜日でない日もあった。彼にはアリバイがある。

「ごめん。やっぱりあけぼのさんはあり得ないわ」

シホは素直に謝った。あけぼのさんに心底悪い気がした。

「あけぼのさん以外にストーカーがいた可能性は否定できない。もしそうならあけぼのさんが目撃したというバイクの男が怪しい。その時点で男は松宮さんに殺意を持っていたのかもしれない」

松宮の顔が一気にこわばった。彼女も一時期はどこからともなく殺気を感じたと言っていた。

「じゃあ、どうして姿を消したのよ」

シホが当たり前の疑問を口にする。

「そこで俺はこう考えたんだ。最初は何かの理由で松宮さんを殺すつもりだった。だから彼女の後をつけて住所や行動を確認した。しかし男はその計画を引っ込めたんだ」

「だからどうして？」

「男はすでに目的を果たせたことに気づいたんだ。つまり松宮さんを殺す必要がなくなった。だから姿を消した」

霧村さんは一語一語言葉を選ぶように慎重に説明した。

「ごめんなさい、霧村さん。おっしゃってることがよく分からないわ」

松宮が恐怖と困惑でごっちゃになったように表情を引きつらせている。シホにも彼の言っていることが理解できない。

「犯人のターゲットは松宮さんを合わせて四人全員でなく、そのうちの誰か一人だった。しかし犯人はそれが誰だか分からない。そこで彼は一人ずつ殺していく。しかし殺した三人のうちの一人がターゲットであることに気づいたんだろう。目的を果たした彼はそこで満足する。もちろん四人目、つまり松宮さんを殺す必要はない。だからそれ以上は彼女に近づく必要がなくなった」

言いかえれば殺す順番が彼女を救ったということか。

「殺す目的って何なの？」

霧村さんの説明はシホの中で今ひとつピンと来ない。

「いろいろ考えられるが、一番有力なのはターゲットから何らかの理由で脅迫されていた。だから犯人はターゲットを殺そうと考えた。しかし脅迫者は自分の素性を明かしてない。ただ、四人のうちの誰かであることは分かっている。だけどターゲットを特定する時間も手段もない。だから彼は全員を殺すことを考えた。四人を尾行監視してチャンスを窺う。一人は泥酔状態での階段、一人は足場の悪い山道、一人は海釣り。三人を事故死に見せかけることに成功する。松宮さんを含めた四人の接点は警察も知らない。四人が痴漢冤罪で若林を陥れようとしたなど警察に自白するはずがない。だから警察は事故死を疑わなかった」

シホはフンフンと頷く。四人が痴漢冤罪に関わっていたと警察が把握していたら、彼らも事件性を疑っただろうということか。

「四人目、つまり私を殺そうと思っていた矢先、何らかのきっかけで三人のうちの一人が脅迫者だったことが判明する。だから私を殺す必要がなくなった……ということね」

松宮が霧村さんの推理を先読みしていった。今度はシホにも理解ができた。

「でも犯人は誰から何を脅迫されていたの？」

シホがもう一つの疑問を持ち出す。

「脅迫内容までは分からないよ。ただ、脅迫者は三番目に殺された人物だろうね。犯人は脅すなり痛めつけるなりして口を割らせた。三人目自身が脅迫者であることを認めたんだ。そいつを殺せば目的は果たせる。目的とはもちろん口封じだ」

「三人目って誰だったっけ？」

シホの質問を予想していたのか、霧村さんは新聞記事の切り抜きをテーブルの上に広げた。三人の事故死を扱った記事だ。日付を追っていくと大学生が三番目に殺されている。霧村さんの推理が正しければ彼が脅迫者だったというわけだ。

「もし彼が口を割らなかったら？」

「君も殺されていたかもしれないね」

松宮の喉を鳴らす音が聞こえた。

「あともう一つ報告がある。若林さんはシロだった。殺された三人のうち二人の犯行日に彼は日本にいなかった。仕事でソウルに行っていたんだ。その様子は会社のホームページにも写真付きで掲載されているから間違いない。もちろんウラも取ってある」

霧村さんは件《くだん》のホームページをプリントアウトした用紙を差し出した。

「そもそも若林さんが三人を狙うのは無理よ。だって彼は三人の名前も住所も知らないんだもん。あの位置からでは聞き取りの内容が分かるはずがない」

シホは当時の現場の様子を思い出しながら言った。

プラットホームで警官は松宮ら四人から名前や住所を聞き取ってメモに控えていたが、若林は離れた位置に立っていた。彼らの声を聞き取ることもメモの中身を覗くことだってできなかったはずだ。ミキミキさんの言っていた読唇術も状況的にあり得ない。四人は若林に背を向けていたため唇の動きを探ることは不可能だ。まさか警官が情報を若林に流したとは思えない。

あれから四人はバラバラに去って行った。尾行するにしたって若林一人で四人同時は無理に決まってる。その後調べたにしてもあんな短時間で四人分の情報を得るのはまず無理だろう。相手の所在が分からなければ、彼らを殺しようがないのだ。

「結局、何が何だか分からずじまいってことね」

松宮は複雑な表情をして肩を落とした。

「はい、お待ちどおさまです。抹茶パフェ三つですね」

店員がにこやかにパフェをテーブルの上に置く。

「うわぁ、美味しそう！」

松宮が悲痛そうにしていた顔をパッと輝かせた。

「すごい変わりようだな」

「甘いものは正義よ」

彼女はクリームを一匙《さじ》えぐってペロリと舐めた。

「美味しいっ！　生きててよかった。亡くなった他の三人に対して不謹慎だけど、心からそう思うわ」

今度は大きくすくって頬張った。それを見ていたシホはクスリと噴き出す。ホント、甘いものを味わうと生きてることを実感できる。スイーツがこの世にある限り、死にたいなんて思わない。

「そもそもあけぼのさん以外のストーカーが本当に実在したのかだって分からないってことじゃん。すべては存在したらっていう可能性でしょ。ということはあの三人だって本当の事故だったかもしれないわよ」

ヘルメット姿のバイクの男だってただの通りすがりに過ぎなかったかもしれない。たまたま松宮の方に顔を向けていたところをあけぼのさんに目撃されただけで。

〔日暮里駅〕

「その通りだ。僕の推理はあくまでストーカーが存在したらということが前提だからね。もしかしたら僕たちの思い込みで、そんな人物は最初から存在してなかったかもしれない」

霧村さんがパフェを舐めながら同意する。本当に甘いものが好きなようだ。いつの間にか半分なくなっている。

「だったらもう、ストーカーなんていなかったってことでいいんじゃないの？　あの三人は偶然の事故。お姉ちゃんの感じていた殺気も思い違い。あけぼのさんはいい人だった。そう考えればお姉ちゃんも楽になれると思うよ」

「ありがとう。これで安心して眠れるわ」

松宮はシホに向かってニコリと微笑んだ。美しい顔立ちの彼女だが、よく見ると以前よりもメイクが濃い。睡眠不足で肌の状態が良くないのだろう。それを厚めの化粧で隠しているようだ。大人になったら化粧をしなくてはいけない。今まで以上に早起きしなくちゃいけないな、とシホは思った。

「霧村さんもありがとうございます。探偵の方に仕事を依頼するなんて初めてだったけど、あなたで本当によかったです。さすがは伝説の山手線探偵ですね」

霧村さんは照れ笑いを浮かべながら頭を掻いた。

〈その伝説を作ったのはあたしなんですけど〉

シホは最後の一匙を舐めた。もうひとつくらいいけそうだ。

それから三人は最近のテレビドラマとか面白かった漫画とかたわいもない話題で盛り上がった。霧村さんも松宮も楽しそうに笑っていた。

しかしシホは分かっていた。霧村さんは真相は他にあると考えている。もちろんシホも同じだ。松宮を安心させるための結論に過ぎない。あの三人が偶然の事故死だなんて小学生のシホですらあり得ないと思う。三人は殺された。つまり彼らを殺した犯人がいるのだ。彼は今も何食わぬ顔で生活をしている。毎日、山手線を利用しているのかもしれないのだ。

もちろん松宮だって今回の結論に納得していないだろう。だけど今はいい方に解釈して心の安らぎを求めているに違いない。オバケがいると信じれば夜のトイレに行けない。しかしいつまでも我慢するわけにもいかない。「オバケなんて嘘さ」と思い込むしかない。

「シホ、帰りにあけぼさんのコロッケを買おう」

霧村さんの呼びかけに我に返った。

シホは釈然としない思いを飲み込みながら笑顔で頷いた。

〔日暮里駅〕

〔田端駅《たばた》〕

「シホちゃん、知ってる？」

改札を出てすぐにミキミキさんがシホの肩を叩いた。

「何を？」

「山手線の終点駅をさ」

「ええ？　山手線にそんなものあるの？」

山手線は環状線だ。輪っかになっている線路をグルグル回っているわけで始まりと終わりの駅なんてあるのだろうか。

「山手線はぐるっと路線を一周しているけど、路線名称として厳密にいえば『山手線』と呼ばれるのは品川～新宿～池袋～田端の区間だけなんだ」

つまり終点駅は田端駅ということになる。そして出発駅は品川駅だ。

「はあ？　じゃあ田端からその先はどうなってんのよ？」

「田端～東京は東北本線に、さらに東京～品川は東海道本線に直通しているという扱いなんだよ。もっとも僕たちはグルッとまとめて山手線と呼んでいるわけだけどね。あくまで路線名称ではそうなっているんだよ」

シホは「ふうん」と頷いた。同じ電車に乗っているのに一周する間に三回も路線名が変わるというわけだ。何でもややこしくするのが好きな大人たちがいるらしい。

「JRの路線には原則として起点と終点が定められている。起点から終点に向かっていくのが下り列車、その逆が上り列車というわけだ。山手線にも起点が品川駅、終点が田端駅とされているわけだから上りと下りがあるんだよ」

「上りと下り？　聞いたことないなあ。内回りと外回りなら知ってるけど」

「それがそうなんだよ。環状線だから上りや下りといわれても分かりにくい。だから内回り、外回りと呼んでいるわけさ」

シホも毎日のように山手線を利用しているが、内回りとか外回りなんて言葉すらあまり意識したことがない。注目するのは「渋谷・新宿方面」や「東京・上野方面」である。そういえば電車を毎日利用しているせいか、知らず知らずのうちに東京の地理が頭に入っている。

「内回りが上り、外回りが下りというわけさ」

「ミキミキさんって作家だけあって物知りなのね」

「いやあ、それほどでも」

ミキミキさんは照れ笑いを浮かべながらまんざらでもなさそうに謙遜する。彼の場合、作家の前に「自称」がつく。生涯印税収入ゼロのミキミキさんが作家なら、答案用紙の裏に小説を書いたことのあるシホだって立派な作家だ。霧村さんは呆れ顔でシホの隣を歩いている。

それはともかくどうしてミキミキさんが山手線の終点駅をシホに質問したかというと、ここがその解答である田端駅だからだ。

「駅前はこれといった商店街もないし、今ひとつ面白味に欠ける街だけど室生犀星、芥川龍之介、菊池寛たちが住んだ文士村としても有名なんだ。近くに田端文士村記念館があるよ」

ミキミキさんが楽しそうに解説する。今日は楽しむために田端にやってきたわけではないのに。

駅は大きな商業施設が入っているがこれといってめぼしい店があるわけではない。山手線は駅ごとにそれぞれ街の顔を変えていくが、中にはさほど個性を感じられない場所もある。ここもそんなところだ。

「ところで雨、倉内猛のアパートはかなり歩くのか？」

「いや。ここから十五分くらいのところだ」

霧村さんがスマートフォンを取りだしてマップ画面を表示させた。シホたち三人は都道四五八線をしばらく南方向に歩いた。

「松宮葉子の件はもう解決したんじゃなかったのか？」

ミキミキさんが退屈そうに周囲を眺めながら言う。道の両側には変哲もないマンションや雑居ビルが建ち並んでいて、彼にとって楽しい散歩にはなってないようだ。もう少し可愛いショップやオシャレなカフェが並べばいいのにと思う。

「あんな調査結果で終わらせるわけにはいかないだろ」

先日、松宮葉子には安全宣言を出してある。彼女を狙ったストーカーの正体はあけぼのさんで、その彼も悪い人ではなかった。痴漢冤罪スタッフの三人も偶然の事故死にすぎなかったと。松宮はそれで納得したようだが、あくまで彼女に安心を与えるための報告だ。いくら何でもあの三人が同時期に命を落とすなんて偶然があり得るはずがない。そんなことは小学生のシホでも分かる。

今のところ松宮葉子の身辺に異変は起こってない。あれから誰かに見られている気配も完全に消えたという。実はその後も霧村さんは彼女のマンションを見張っていた。やはり不審人物は現れなかったそうだ。

「犯人は何らかの理由で脅迫されていたんだ。その脅迫者も痴漢冤罪に関わった四人のうちの一人であることまでは分かっていた。そこで犯人は手っ取り早く全員の殺害を目論《もくろ》んだ。しかしひょんなことから三人目が脅迫者であることを掴んだ。これで口封じの目的を達成したわけだから四人目、つまり松宮葉子を殺す必要がなくなった。今のところそう考えてる」

　霧村さんが歩道を進みながらミキミキさんに説明した。やはり霧村さんも三人の死を単なる事故とは思ってないようだ。

「その三人目が倉内猛というわけか……」

　ミキミキさんがつぶやく。シホたちも倉内猛を大塚駅で見ている。痴漢目撃者三人のうちの一人だ。新聞記事には都内の大学生と書いてあった。

「ここを右折だ」

　霧村さんが路地の方を指さした。三人は大通りから細い道に入っていく。界隈は貧相なアパートが窮屈そうに詰め込まれている。霧村さんはスマートフォンのマップとアパートの建物を照らし合わせながら進んでいく。

「よし、ここだ」

　やがて彼は一軒のアパートを指さした。煤《すす》けた漆喰《しっくい》の壁は無数のヒビが走り、鉄製の手すりはペンキが剝げてかさぶたのように錆《さび》が浮いている。おそらくシホの生まれるずっと前に建てられたものだろう。霧村さんやミキミキさんの年齢に匹敵するかもしれない。それぞれの部屋の窓の外には洗濯物が干されていて、それがまた外観をみすぼらしいものにしている。シホが思い描くオシャレな大学生ライフにはほど遠い物件だ。

シホたち三人は歩くたびにきしみ音をあげる階段で二階に上がった。二階の廊下には三つの玄関が並んでいる。

「二〇三号室だ」

倉内猛の部屋番号は調査済みのようで、霧村さんは一番奥の部屋を指さした。彼は部屋の前に立つと扉を叩いた。誰もいなければ特殊な道具を使って鍵を開けるという。探偵には必要な技術だという。

「そんなの泥棒じゃん」

シホは霧村さんに詰め寄った。しかし彼はシホの膨れた頬を人差し指でプッと突きながら、

「別に物盗りに入るわけじゃない。でも念のため、ちゃんと見張っててくれよ」

と言った。

「そんなのやだよ」

「お前、助手だろ。それにこれは正義のためなんだ」

「よその人の家に勝手に入り込むことのどこが正義よ？」

「殺人犯を見つけ出す。そうすれば松宮のお姉ちゃんも安全だろ」

「そ、それはそうだけど……」

そうこうするうちに扉が開いた。住人は死んでしまったのでてっきり留守だと思ったが、年配の女性が顔を出した。

「どちら様？」

疲れ切ったような声だった。女性は顔色が悪く、肌つやも良くない。髪も乱れ気味でまるで病床から起き上がってきたばかりのように思えた。覇気《はき》の乏《とぼ》しい目が真っ赤に充血している。

「僕たち倉内猛くんの知り合いのものです。もしかしてお母様でいらっしゃいますか？」

「え、ええ。生前は猛がお世話になったようでありがとうございます」

女性は疑う様子もなく、シホたちに深々と頭を下げた。息子を亡くして意気消沈しているのだ。そんな母親に対して嘘をつくのは申し訳ない気がした。だけどこれも正義のため、お姉ちゃんのためだ。シホは倉内猛の母親に作り笑顔を向けた。

「あら。こんな可愛いお嬢ちゃんまで。猛と仲良くしてくれてありがとうね」

そう言って彼女は弱々しく微笑んだ。そして、

「さあ、よろしかったら中に入ってくださいな。お茶でも淹れますから」

と玄関扉を開けて三人を迎え入れてくれた。

これで泥棒みたいなマネをしなくて済むわ。

シホはホッと安堵する。

部屋は和室の六畳二間になっていた。部屋の中を見て三人は顔を見合わせた。部屋はメチャクチャに荒らされていた。棚も押し入れの中身もひっくり返されて、衣類や本や書類などが床に散乱していた。

「ごめんなさいね。散らかりっぱなしで。私、ショックが大きすぎてずっとこの部屋に入れなかったの。それでもいつまでもそのままにしておくわけにもいかなくて、今日やっと決心がついたんです」

「分かります、お母さん」

ミキミキさんが母親に優しい声で言った。

「あの子、きれい好きなはずだったのに……。これだけ散らかっていると私もどこから手を付けていいのか……」

倉内猛はアニメオタクのようだ。壁はアニメのポスターで埋められ、床には夥《おびただ》しい数のアニメキャラのフィギアが転がっている。本のほとんどが漫画やアニメ雑誌だ。

「いい年して、あの子は昔からアニメや漫画が大好きだったの。子供っぽいでしょう」

母親は弱々しい苦笑を覗かせながら辺りを見回した。

「座布団もないわね。本当に申し訳ないわ」

「いいえ。大丈夫です」

三人は散らかった衣類や本をどかしながら腰を下ろした。

「ごめんなさい。お茶もどこにあるか分からないの」

「お母さん、おかまいなく。このたびは猛くんのこと、お悔やみ申し上げます」

霧村さんが代表して哀悼の意を示した。シホも姿勢を正して頭を下げる。母親は

「ありがとうございます」とつぶやきながら深いため息を吐いた。

「お友達と飲み会があったようで、酔っ払って歩道橋の階段から転げ落ちてしまったの。あの日は雨が降っていたから、足を滑らせたんですって」

「そうだったんですか」

霧村さんが痛ましそうに言った。そのことは新聞に書かれているのでシホたちも把握している。他の二人もハイキングで崖から転落したり、釣りで海に落ちたりして亡くなっている。倉内の母親も息子は事故死だと受け入れているようだ。

「あんまりお酒なんて飲まなかった子だったのに、気が大きくなっていたのね。お友達を居酒屋に呼んで大盤振る舞いしていたそうよ。それで命を落としては意味がないのに」

彼女はそう言って悔しそうに唇を噛んだ。

「どうして気が大きくなっていたんでしょうか？」

「何でも近々、大きなお金が手に入るからってそのお友達に話していたそうよ。昨日、彼らがお悔やみに来て教えてくれたの」

「大きなお金ってどういうお金なんですか？」

「さあ。それは彼らも知らないって。宝くじでも当たったんじゃないかって言ってたわ。死んでしまってはお金なんて何の意味もないわよ」

霧村さんがミキミキさんと目を合わせた。ミキミキさんも小さく頷いた。シホにも霧村さんが何を考えているのか分かる。近々入ってくる大きなお金とは犯人に要求した脅迫金のことだ。しかしお金を手にする前に彼は犯人によって殺された。急な階段の歩道橋を下りる際、背後から突き落とされたのだ。雨上がりで階段は濡れて滑りやすくなっていた。ただでさえ酔っ払っている彼は受け身を取ることができずにそのまま落下して首の骨を折った。

「ところであなた方は猛とはどういうお友達なの？」

母親が尋ねてくる。大学生の息子に対してアラフォーの男性二人に小学生の女の子。母親が疑問に思うのも無理はない。

「アニメの同好会つながりです。メンバーは年齢も職業もまちまちなんです」

咄嗟《とっさ》に思いついた出任せだろう。そのわりに霧村さんはよどみなく答えた。

「そうだったんですかぁ。あの子、昔からアニメが好きだったから。特に『ルパン三世』ね。あれは私も何度も見せられたわ。『カリオストロの城』はあなたたちもご存じよね。大人が見ても結構面白いのよね」

母親が壁に目を向けながら懐かしそうに表情を緩めた。その視線の先には『ルパン三世カリオストロの城』のポスターが貼ってあった。

「それでですね、お母さん。この子、シホちゃんって言うんですが、アニメのDVDを猛くんに貸しているんですよ。非常にレアもので、彼女にとって宝物なんですよ。なあ、シホちゃん！」

突然、霧村がシホの肩に手を置いて話を振ってきた。

「え、ええ、そうなんですよぉ。『ぴちぴちピーチ姫』第七話のＤＶＤなんですけど、大好きなおばあちゃんから誕生日に買ってもらったプレゼントなんですぅ」

と、泣きそうな声で答える。シホは心の中で苦笑した。自分にこんなアドリブができるなんて。女優の素質があるのかもしれない。ミキミキさんが「ナイス！」のウィンクを送ってくる。

「そうだったの……本当にごめんなさい。ただ、それがどこにあるか、オバサンには分からないの」

母親が申し訳なさそうに謝った。出任せだけにシホも悪い気がした。

「いいですよ、お母さん。僕たちで捜しますから。なあ」

「う、うん。大丈夫です」

シホは小刻みに頷いた。

「本当に悪いわね。私、今からジュースやお菓子でも買ってくるわね。他にも用事を済ませて来ちゃうから三十分くらいかかるわ。その間に捜してちょうだい。じゃあ、よろしくね」

母親はシホたちをまるで疑うことなく、立ち上がると財布を持って玄関を出て行った。

「優秀な助手だ」

霧村さんがシホの頭を撫でながら言った。

「何が優秀よ！　いきなり振ってくるからドキドキしちゃったじゃないの。こういうことはもう二度としないからね！」

上手くいったとはいえ、他人を騙したのだ。いい気がしない。しかしこれも殺人犯を見つけるためだ。結局それはあの母親のためでもある。そう思うことで納得した。

「で、何を探すんだ？」

ミキミキさんが霧村さんに尋ねる。

「倉内猛が何をネタに脅迫していたかだよ。他人を脅迫する以上、その証拠があるはずだ。それを見つけ出せば犯人を割り出せるかもしれない」

「なるほど。よし、とりあえず手分けをして探そう」

三人はそれぞれ持ち場を決めて捜索を始めた。しかし証拠といってもどのようなものか分からない。写真なのか手紙なのか、それともまったく別の何かなのか。とりあえずノートや書類やアルバムなど脅迫の証拠になりそうなものを手当たり次第に漁《あさ》った。しかしこれといったためぼしいものが見当たらない。

「だめだな。やっぱり脅迫というのは勘違いだったのかな。犯人なんて存在しなくて、三人は単なる事故死だったとか」

ミキミキさんが額の汗をぬぐいながら半ばあきらめ顔で言う。

「そんな偶然あるわけないでしょ。それに倉内さんは近日大きなお金が手に入るって友達に話してる。脅迫金に間違いないよ」

「へえ、大した自信だね、シホちゃん。何を根拠にそこまで言い切れるんだい？」

「女の勘よ」

ミキミキさんに向かってシホは自分のこめかみを指で突きながら答えた。女の勘は鋭いって何かのドラマで言ってた。

「俺もシホに同感だ」

押し入れの中を物色している霧村さんも同調する。しかし肝心の証拠が出てこない。母親が帰ってくるまで三十分。のんびりとはしていられない。

「でも、変よね。プリンタが置いてあるのにパソコンが見当たらないわ」

デスクの上にインクジェットプリンタが置いてある。パソコン専用なのでそれがないと意味をなさない。デスクの広さからいって小型のノートパソコンだろう。

「パソコンなら中に脅迫に使った画像やテキストデータが入っているかもしれないのに……」

「やっぱり盗まれたかな」

霧村さんが作業を中断して腕を組んだ。

「盗まれたって？」

ミキミキさんが目を白黒させる。

「母親が言っていただろ。『あの子はきれい好きなはずだったのに』って。それなのにこんなに部屋が荒れている。おそらく荒らされたんだ。犯人は倉内を殺害した後すぐにこの部屋に侵入して、脅迫ネタとなる証拠を一切合切持ち去ったんだよ」

「なるほど。そう言われてみれば、ＵＳＢメモリやＣＤ－ＲＯＭも見当たらない。侵入者は手っ取り早くノートパソコンと記憶媒体を処分したということか」

そうなるとこの部屋にはもう何も残っていないということか。あまりの徒労感にシホは脱力しそうになった。

「それにしても倉内くんは本当にルパン三世が好きだったんだねえ。これ見なよ。ルパンのジャケットにズボンだぜ。コスプレ用かな」

ミキミキさんはクローゼットから緑色のジャケットと黒のズボンがかかったハン

ガーを取りだして言った。黒いシャツに黄色のネクタイまで揃っている。

「緑ジャケットということはやっぱり『カリオストロの城』バージョンだね」

ミキミキさんが言うにはやはり人気のアニメキャラクター『ルパン三世』は放映年によってファーストシリーズからサードシリーズまであり、さらに映画によっても着ているジャケットの色が異なるそうだ。

「でも全然似てなかったよね」

大塚駅で見かけた彼の顔立ちはルパンと似ても似つかない。愛嬌の乏しい、面白味のない平均的なルックスだった。

「コスプレだからさ。似てなくても本人がなり切っていればいいんだよ」

霧村さんがジャケットを眺めながら肩をすくめる。むしろ霧村さんがこのジャケットでコスプレすれば似ていると思うんだけど。目鼻立ちや体形、飄々とした仕草がそんな感じだ。

「ああ！　もしかして！」

突然、ミキミキさんが手をパンとはたいた。

「なんだよ、ミキミキ」

「実は僕もルパン三世の大ファンなんだ。中でも『カリオストロの城』はマイフェイバリットなんだよ。もう何十回も見てるよ。おかげで台詞《せりふ》の一つ一つが頭に入っているくらいさ」

「それがどうした？」

霧村さんが顎先をチョイと突き出しながら言った。

「ルパンがカリオストロ伯爵から奪った宝物の指輪を隠している場所なんだけど……どこだと思う？」

今度はシホに話を振ってきた。最近、この映画がテレビ放映されてシホも父親と一緒に観たばかりだ。父親もシホの年齢の頃に夢中になったと懐かしそうに楽しんでいた。

「どこだったっけ？」

つい最近見たばかりなのに思い出せない。

「襟の裏よ。ルパンはいつもそこに隠すわ」

ミキミキさんが女の声色で言った。どうやら峰不二子の台詞のつもりらしい。そして今度は、

「くっそー、不二子のやつ……」

と、ルパンの声マネをしながら、人差し指と親指を襟の裏につっこんだ。しばら

く中でまさぐらせていたが、ニヤリと笑うと指を引き抜いた。彼の指先は小さな金属をつまんでいた。

「何なのよ？」

シホは顔を近づけた。それは小さな鍵だった。

「どこかのコインロッカーかな？」

ミキミキさんが摘んだ鍵を揺らしながら見つめた。

「たしかにそれっぽいな。どちらにしろこんな場所に隠すくらいだ。訳ありの鍵だろ。ミキミキにしてはお手柄だ」

霧村さんは拳骨をコツンとミキミキさんの胸に当てた。

「これでも一応、ミステリ作家ですから」

ミキミキさんは得意げだ。

シホと霧村さんは目を合わせて笑った。

〔恵比寿《えびす》駅〕

それにしても山手線の混雑ぶりは度を越えている。特に朝夕のラッシュ時はシホにとってもサバイバルだ。今朝だっておばさんの大きなお尻に顔を押しつぶされそうになった。オナラなんかされたら、生きて出られるとは思えない。

「よっ、お二人さん！」

長身の男性が手を上げながら近づいてくる。ミキミキさんだ。今日は薄ピンクのシャツの上にベージュのブレザーを羽織っている。ミキミキさんは霧村さんと違っていつも小洒落ている。

「あ、かわいいブローチ」

シホはミキミキさんの胸元を指さした。ブレザーの胸襟に金色に光っている。

「ああ、これ？　銀座のアンティークショップで買ったのさ。いいでしょ」

ミキミキさんはブローチを襟から外してシホの手のひらの上に載せた。ブローチには安全ピンがついていてそれで着けるようになっている。

「カワイイ！」

ブローチは細長い棒状にデザインされておりその先端に小さな時計がしつらえられていた。もちろんちゃんと動いている。小さな文字盤にも薔薇の文様が精巧に彫り込まれ、時計針にはツタが絡まっている。時計の動き一つとっても職人のこだわりが感じられる逸品だ。お父さんの誕生日プレゼント候補にリストアップしよう。

「あのきれいなお嬢さんは結局どうなったんだ？」

ミキミキさんはメモ帳を取り出してシホに尋ねた。お嬢さんとはもちろん松宮葉子のことだ。

「あれから誰かにつけられることはなくなったって」

シホは詳細をミキミキさんに説明した。彼は興味深そうに頷きながらメモを取っていく。どうやらこれをネタにして小説を書くつもりらしい。

「で、真犯人は？」

「真犯人？」

シホは聞き返す。

「痴漢の目撃者三人を殺した人間だよ」

「目下捜索中」

シホはしれっと答える。

〔恵比寿駅〕

松宮の手前ではただの事故死という形で決着ということにしておいた。あれから十日が経つが彼女は平穏な日常を取り戻している。もし犯人に殺意があるのならもうとっくに動いているはずだ。三人は二週間のうちに殺されたのだから。犯人は三人を殺すことで目的が果たせた、だから松宮は狙われないという霧村さんの推理。彼女の無事を見る限り、それは当たっていると思う。

「だったら全然解決してないってことじゃないか。そいつが誰で何の目的で三人を殺したのか。それが分からないと作品が書けないよ」

ミキミキさんは落胆したように肩を落としてノートをパタンと閉めた。

「ていうか、お前ミステリ作家だろ。少しは自分で推理してみたらどうだ」

隣に座っている霧村さんが口を挟んだ。

「何言ってるんだ。この作品の主人公は君で、君が事件を解決する物語なんだ。それを僕がしちゃったら意味がないだろ」

「本格的にデビューしたら日本初の完全他人まかせミステリ作家だな」

「せめてセミフィクションミステリ作家と言ってくれ」

「ったく。物は言い様だな」

霧村さんが呆れたようにそっぽを向く。シホもさすがこの展開には飽きてきた。

毎回ほとんど同じパターンだ。そのあとは決まって印税の分け前の話になる。

「俺をモデルにする以上、ギャラは入るんだろうな」

ほら来た。

「10《テン》パーでどうだ？」

ミキミキさんが両手の指を広げる。

「あり得ないだろ。俺が推理して事件を解決して物語を回しているんだ。お前はそれを文字に起こすだけだろ。とはいえ作家としてのお前の立場も十二分に評価したとして、俺が四、お前が六ってところが妥当かつ適正なセンだ」

「なんだ、そりゃ。ルポとかドキュメンタリーじゃないんだ。君はあくまでモデルに過ぎなくて物語に出てくるのは架空のキャラなんだよ。四はいくら何でもぼったくりだ」

「モデルっていったって完全に俺の推理におんぶにだっこじゃないか！」

「君の実名を使っているならまだしも、そうじゃないんだ。二でも多いくらいだ」

「はあ？　お前なあ……」

「ちょっと止めなさいよ！」

シホは二人の間に割って入った。このやりとりを始めたら山手線は軽く二周する。

〔恵比寿駅〕

そもそもミキミキさんが作家になれる可能性より、今からシホがレッスンを積んでジュニアアイドルになれる方がずっと高いと思う。

実現する可能性の極めて少ない印税を巡って大の大人がマジになって言い争ってる。そちらの方がミキミキさんの作品なんかよりずっとミステリだ。

二人は動きを止めてシホを見た。

「お客さんよ」

シホは咳払いをして目の前を指さす。そこには一人の少年が立っていた。

「あっ！」

シホは改めて彼を見て、思わず声を上げてしまった。半ズボン姿の少年は糊《のり》のきいたシャツの上に胸にブランドの紋章のついたVネックのベストを着ていた。髪を七三にわけて銀縁のメガネをかけている。黒いランドセルを背負っていた。痴漢冤罪事件の直前に山手線の中で見かけた少年だ。シホを熱い眼差しでじっと見つめていたが、一言も声をかけずに恵比寿駅で降りていった。

「な、なによ！」

シホの鼓動は速まっていた。意気地なしの彼はシホのことが大好きなのに、ずっと告白する勇気が持てずに思いを募らせていたのだ。しかしついに焦がれる思いを打ち明ける決心がついたのだろう。

落ち着け、落ち着け。

シホは少年に気づかれないよう深呼吸をした。男の子に告白されるのは初めてのことだ。しかし彼の気持ちは受け入れられない。なぜならシホの心の中には神田くんがいるのだ。神田くんはドラマやバラエティで大活躍中のトップアイドルである。二十代三十代の大人たちだけでなくシホたち小学生にも人気がある。神田くんへの思いを裏切ることはできない。ここは少年の気持ちを傷つけずに断ろう。

「あ、あの、実は……」

少年は俯いたままもじもじしている。

ああっ、もうっ！　男の子なんだからもうちょっとシャキッとしなさいよ！

シホは心の中で怒鳴りつけた。だいたい少年は俯いたままシホの顔を見ようとしない。だから彼の立っている位置がわずかにずれている。彼は隣に座っている霧村さんの前に立っていた。

「どうした？　僕」

霧村さんはそっと顔を近づけて優しい声をかけた。

もう、最悪。女の子にコクろうってのに男性の前に立っているなんて。もしかして霧村さんを通じてコクろうって魂胆じゃないでしょうね。意気地なし！　バカ！

「探偵さんです……よね？」

　少年はゆっくりを顔を上げて霧村さんを見た。

「はぁ？」

　マヌケな声を上げたのは霧村さんではなくシホだった。

「あ、あなた、霧村さんに用事があるのよね？」

「う、うん、そうだけど」

　少年が戸惑ったような顔をして答える。

「わたしに用があるわけじゃないよね？」

「ないけど」

「そ、そうだよね！　いやあ、よかった！　あたし、どうしようかと思ったもん。あたしに用事がないなら話しかけないでくれる？」

「い、いや、話しかけてないけど」

　少年は呆気にとられた様子でシホを見つめる。

「あっ、そうだったわね！　いやあ、ホント、こちらの勘違い、勘違い。ごめんごめん」

シホは手を振りながら謝る。

もう、なんなのよ！　なんでこんなひ弱そうで面白くもない男子にドキドキしなくちゃなんないのよっ！

「シホ、何を怒ってるんだ？」

「べ、別に怒ってなんかないんだから！」

「そうか、そうか。気のせいか。それならいいんだ」

霧村さんが含み笑いの顔を向けた。彼のことだから少年のことはしっかりと覚えているはずだ。探偵は一度見た顔は絶対に忘れないという。

意地悪！

「なんであなたが霧村さんのことを知ってんのよ？」

シホは少年に当てつけるように尋ねた。広報担当として一応聞いておかなければならない。

「ネットです。掲示板やツイッターやフェイスブック、その他もろもろのＳＮＳの書き込みを解析したんです。もっともその多くの書き込みは同一人物だと思われます。文体における助詞や助動詞の使い方に共通した癖がありますから。いわゆる自作自演ですね」

少年は人差し指でメガネを上げながら得意げに言った。

「ちょ、ちょっと！　へんな言いがかりつけないでよ！」

シホの声は上ずった。少年の言うとおり、ネットの書き込みのほとんどはシホの自作自演だ。他人のふりをして質問をしては、また違う他人のふりをしてその質問に答える。そうやって読み手たちに霧村さんの所在情報をさりげなく流していた。

もちろんそのことは霧村さんもミキミキさんも知らない。いや、霧村さんは気づいているかもしれないが。もしそうなら黙っているのだろう。彼だって客がつかなければ生活ができない。

「え？　なんで言いがかりなの？」

少年のメガネの奥がキラリと光った。

「え、い、いや、証拠もないのにそんなことを決めつけては書き込んだ皆さんに悪いんじゃないの、みたいなことを思ったたっていうか……」

シホはシドロモドロになって答える。しかし少年は「ふうん」と頷くだけで、それ以上追及してこなかった。

「悪いけど、霧村さんに用があるんだ」

「そ、そうだったわね。で、何の用事よ？」

「一応、クライアントのつもり」

「ああ、『くらいあんと』ね。ちょっと待ってね」

くらいあんと？　時々聞く言葉だが意味が分からない。シホはケータイを取りだした。

「『依頼人』っていう意味だよ」

少年がシホのケータイ画面を指さしながら言った。

「そんなの知ってるわよ！　メール受信があったから確認しようとしただけよ！決して電子辞書で意味を調べようとしたわけじゃないんだからっ！」

シホのケータイには電子辞書が搭載されている。メールを確認するふりをして調べようとしたのだが見破られたようだ。

ホントにむかつく男子ねっ！

「あの、話をしてもいいですか？」

少年はシホではなく今度は霧村さんに話しかけた。最初からシホのことなど相手にしてない様子だ。

先日はずっとあたしの方を見てたくせに……。霧村さんに話を持ちかけるふりをしてあたしの気を探ろうとしているに違いないわ。

〔恵比寿駅〕

そう考えると苛立ちも少しだけ静まった。我ながらポジティブすぎると思う。

「君は小学生だろ」

「ええ。小学生ではダメですか？　お金だってちゃんと払います」

「絶対にダメとは言わんが、内容によるね」

霧村さんは頬をさすりながら答えた。

「いいんじゃないの？　お金さえ払ってもらえば」

シホは霧村さんを促す。ここ数日、一人もお客がついてない。毎日の家賃、もとい電車賃だってバカにならないのだ。

「話だけでも聞こうか」

と霧村さんが小さく顎を突き出すと、少年はほっとしたように表情を緩ませた。

「一応、こういう者です」

と言いながら少年は名刺を差し出した。

「な、なに？　あんた、小学生のくせに名刺なんて持ってるわけ？　それになんでいちいち『一応』なんてつけるのよ」

シホは霧村さんが受け取った名刺を覗き込みながら言った。どうやらパソコンで作成したものらしい。

「敬明《けいめい》小学校五年三組、柴木恭兵《しばききようへい》くんか。刑事ドラマによく出る役者でそんな名前の人がいたなあ」

「それは柴田だと思います」

恭兵がメガネを整えながら言う。シホはその役者を知らなかった。

「敬明小学校といえば名門じゃないか。優秀なんだね」

なるほど。それが「一応」の意味らしい。

「いやあ、全然そんなことないです」

彼は手を横に振りながら謙遜してみせた。その大げさすぎる手の振り幅がとても謙遜には思えなかった。

「ちなみに一学期は学級委員長してました」

そんなこと聞いてないわよ！　嫌味なやつ。

「おうちはどこ？」

「目黒です。駅から徒歩三十秒にあるセレブ向けタワーマンションの二十二階です」

自分からセレブって言うな！

隣で聞き耳を立てていたミキミキさんがヒュッと口笛を吹く。そしてシホの耳元

〔恵比寿駅〕

に「誘拐しちゃおうか」と囁いてきた。いっそのことそうしてしまえばいいと思う。身代金を受け取ったら、東京湾に沈めちゃえばいい。

「お父さんは何をやってる方？」

「両親とも医者です。父は駒込で整形外科、母は代官山で皮膚科の医院を開業してます」

まさに誘拐されるために生まれて来たような少年だ。今まで無事だったのが不思議なくらいだ。

「あ、ちなみに両親ともに一応、敬明大学の医学部です」

だから聞いてないっつうの！　ついでにいちいち「一応」つけるな！

「で、依頼って？」

シホはぞんざいに尋ねた。

恭兵は先ほどから何度もしているように、女の子のような白く細い人差し指でメガネを持ち上げた。そのキザな仕草も気に入らない。子供のくせにエリート気取りだ。こういう輩《やから》は中学や高校受験で挫折してさっさと転落してしまえばいい。

「僕の通っている学習塾に舘《たち》ひろやくんっていう人がいるんですが、彼のことを調べてほしいんです」

「タチヒロヤ？　そして君がシバキキョウヘイ。これは何かの因縁かな」

ミキミキさんがいうには先ほどのテレビドラマに似た名前の役者が登場しているという。

「ええ。彼との出会いは運命だと思うんですよ。僕にとっては最強のライバルです」

それから恭兵は舘ひろやくんのことを話し始めた。それによると彼は恭兵の通っている塾で成績トップをキープしているという。

「つい最近まで僕がずっと一番だったんです。彼は十番以内にすらいなかった。それからぐんぐん成績を上げだして、いつの間にか抜かれてしまいました。ここ三ヶ月は一度も彼には勝てないんです。悔しいけど僕は二番なんですよ」

恭兵は見た目通りの優等生だ。それにしても勉強のできるヤツってどうしてこうも似たような顔立ちになるのだろう。漫画やアニメに出てくる優等生もたいていこんな顔をしている。そして例外なく嫌味だ。

「二番なら充分じゃない」

とシホは口を挟んだ。

「二番じゃダメなんだ。財務省の事務次官は一人しかなれないんだよ。つまりトップじゃなきゃ意味がない。ミドルクラスの君には分からないさ」

「悪かったわね。どうせ優等生のことなんて分かんないわよっ！」

どんなに頭が良くてエリートでお金持ちでも、こんなヤツのお嫁さんになんか絶対になってやるもんか！

「とりあえず話を続けて」

霧村さんが恭兵を促す。

「舘くんは少年バドミントンをやっていて、チームのエースだから練習が忙しいし、アニメとか漫画とかゲームのことにも詳しいからそちらの方にも結構時間を割いているはずです。なのにどうして僕に勝てるのか、それが不思議なんです。もしかしたら僕の知らない秘伝の参考書を使っているのかもしれない。それを突き止めてほしいんです」

彼はそう言いながら舘ひろやの写真を霧村さんに渡した。覗いてみると細面で引き締まった端整な顔立ちをしている。彼なら恭兵と違って女の子にモテそうだ。

「あなたねえ、他人のことなんてどうだっていいじゃない。相手のことをコソコソ嗅ぎ回るなんて根暗のすることよ」

「君は黙っててくれ。君みたいな庶民に僕たちの気持ちなんて分からないよ」

「な、なによ、庶民って！　あなたは王様にでもなるつもりなの？」

シホは人差し指を突きつけながら言った。

「僕は官僚になって日本の将来を動かしていく人間になるんだ。だから常に一番じゃなきゃならないんだよ。パパやママみたいになりたくないんだ」

「はぁ？　あなたのご両親は敬明大出のお医者さんでしょ。今のあなたなんかよりずっと立派でしょうが。なんでそんなこと言うのよ？」

「敬明大を出たって町医者なんて庶民に毛が生えたような存在さ。なんの権力も発言力も持たない単なるいち民間人に過ぎない。いいかい、世の中には二種類の人間がいるんだ。分かるかな？」

「ええっと、男と女とか？」

シホが答えると恭兵は小馬鹿にしたように苦笑する。

「支配される者と支配する者さ。医者といっても、所詮は厚労省の官僚たちが決めたルールに支配されているんだ。その予算は財務省の役人の胸三寸だよ。つまり僕の両親は支配される側の人間さ。僕は彼らみたいになりたくない。支配する側の人間になるんだ。ゆくゆくは自分の父親だって支配してやるさ」

恭兵のメガネがキラリと光る。

〔恵比寿駅〕

彼の髪の毛を摑み上げてそのまま車内の鉄柱へ三十回くらいぶつけて、床に転がった血だらけの頭をグリグリと踏みつける。そんなことを想像しながらシホは怒りを静めた。こんな胸くそ悪い同学年は初めて見た。今までにも鼻持ちならないクラスメートはいたけど、ここまで救いようがないのは会ったことがない。

「霧村さん。断ってよ、こんなバカ。こいつは絶対に日本の将来をダメにするって」

シホは霧村さんの太ももに自分の膝をぶつけながら囁いた。しかし彼は、

「分かった。お引き受けするよ」

と答えた。

「な、何でよ！」

こんなヤツに日本のリーダーを任せたら本当にダメになる。どうしてそれが分からないのよ。

「しょうがないだろ。今月はピンチなんだ。アパートの家賃もヤバいんだ。どんなお客でも受けるしかない」

と、霧村さんがシホに囁き返してきた。

「僕が財務省の官僚になったら警察官僚を通じて探偵さんのお力になれると思いま

すよ」

恭兵が誇らしげに胸を叩く。

「あ、あなたねぇ……」

本当にいけ好かないやつだ。シホは頭の中で、恭兵の生意気そうな面を金属バットでボコボコに殴りつけた挙げ句に股間を思い切り蹴飛ばしてやった。そこまでしても物足りないくらいだ。

「放課後、この体育館で舘くんはバドミントンの練習をしてます」

恭兵は霧村さんにコピー用紙を手渡した。そこには住所と、ご丁寧にGoogleのマップがカラー印刷されていた。

「僕はこれからスティーブの家に行ってくるのでよろしくお願いします」

そう言って彼は霧村さんに向かって頭を下げた。

「誰よ、スティーブって」

「英会話の先生だよ。これからはグローバル化の時代だからね。英語が話せないなんて情報弱者の負け組もいいところさ。君もきちんと身につけておいた方がいいよ。まあ、君は普通のサラリーマンと結婚して普通の家庭を築いて普通の人生を送って、それに幸せを感じるタイプの女性っぽいから必要ないか」

シホはマシンガンで目の前の少年を蜂の巣にしてやった。もちろん頭の中でだが。

＊＊＊＊＊＊＊＊

「ああ、あったまにくるなあ、もうっ！　何なのよ、あいつ！　あたしが大統領だったらあんなヤツ、まっさきに処刑してやるわ！」

シホは霧村さんとミキミキさんに挟まれて歩きながら怒りをぶちまけた。

「処刑とは物騒だな……ってどこの国の大統領だよ」

ミキミキさんが笑う。

「ただの処刑じゃないわよ。五人がかりで全身くすぐりまくって狂い死にさせてやるの」

「西太后《せいたいこう》も真っ青だね」

シホの頭の中で「♪走れ、走れ、セイタイコー」というフレーズが駆け巡る。セイタイコーって馬の名前かしら？

〈えっ？　そんなことも知らないの？　まあ、君みたいな庶民にとっては必要のない知識かな〉

と恭兵の声が頭の中で広がる。癪《しゃく》だからここは知ったかぶりで通そう。

「そうよ。セイタイコーなんかよりすごいんだから！」

三人はJR大塚駅で降りていた。思えばここは痴漢冤罪事件以来だ。

「それにしてもすごい少年だったな。なんといっても私立敬明小学校だからね」

「敬明ってそんなにすごい学校なの？」

シホの通う小学校も私立だが取り立てて名門ということもない。ごくごく普通の小学校、恭兵に言わせれば庶民の通う学校だ。そもそも学校のレベルなんかに関心を持ったことがない。

「うん。目黒の敬明といえば昔からエリート養成学校として有名さ。名門中の名門だよ。ここ出身の総理大臣や中央省庁の官僚も多いんだよ。敬明小から敬明中、そして敬明高、最後に東京大学というのがエリートたちの定番コースさ」

ミキミキさんが解説してくる。

「ふうん。だけどどうしてエリートなんかになりたがるのかしら。一生懸命勉強しなきゃならないし、こんな根暗な調査までして競争に勝たなくちゃならないなんて。お友達とおしゃべりすることも遊ぶこともできないよ。あたしはそんな生活はごめんだな」

恭兵のような生き方では大人になってからいい思い出になりそうにない。

「それは人それぞれだ。シホの大好きな神田くんだって厳しい芸能界で激しい競争の中で勝ち抜いてきたから、ああやって華やかに活躍していられる。恭兵くんが目指しているのは役人や政治家だろう。あの世界の競争は熾烈《しれつ》を極めている。並大抵の人間では抜け出せない。だから早いうちから競争に勝つというマインドを備える必要があるんだよ。そういう意味で彼は素質があるともいえる」

今度は霧村さんが言った。

「でもあんなヤツがリーダーになったら日本はダメになっちゃうよ。相手を打ち負かして見下すことしか考えてないんだもん」

「そうばかりとも言えないさ。アメリカや中国、ヨーロッパやアジア諸国と世界の国々は国際社会の主導権を握って少しでも優位に立とうと争奪戦をくり広げている。権謀術数《けんぼうじゅつすう》に長《た》けた相手と渡り合っていくためには、探偵を雇ってまでしてライバルを出し抜いてやろうという恭兵くんのような人材が必要なんだよ。大人の社会ってのは大人が君たちに教えている『正しいこと』ばかりじゃないんだ。時には卑怯な手を使ってでも競争に勝たなくちゃいけないことがある」

霧村さんはポケットに手を突っ込みながらシホの隣を歩いている。

「そんなことって実際にあるの？」

「あるさ。負ければ未来すらも失ってしまうようなことがね。だから絶対に負けられないんだ」

「ふうん。でもあいつは人としてどうかと思うのよねえ」

「まあ、小学生とは思えない選民《せんみん》意識の持ち主だけどね」

言いながら霧村さんは苦い笑みをこぼした。

「ああ、ここだ」

大塚駅から八分ほど歩いただろうか。霧村さんの指さした方向に体育館が見える。看板には「豊島区立巣鴨体育館」とある。

「舘ひろや君はいるかな」

三人は敷地内に入っていった。

館内はモワンとした空気が漂《ただよ》っていた。よく見るとまだ暗くなってもないのに窓とカーテンは閉め切られている。

「バドミントンの羽根《シャトルコック》というのは風の影響を受けやすいし、外の光で見えにくくなることがある。だから閉め切っているのさ」

と霧村さんが説明した。

〔恵比寿駅〕

中は三つのネットが張られて三面のコートとなっていた。ラケットの弾けるような音やシューズ底のゴムが床をこする音が聞こえる。

恭兵の事前調査によれば今日のこの時間は、ここでバドミントンの練習をしているとのことだった。コソコソとこんなことまで突き止めるなんて本当に根暗だと思う。ああ、やだやだ。

「それにしてもバドミントンって生で初めて見たけど、結構ハードなんだ」

ミキミキさんが感心したように言った。

テニスコートよりずっと狭いが、選手はその中をすばしっこく駆け巡りながらシャトルコックを追いかけている。スポーツテストで行われる反復横跳びを縦横無尽にくり広げているような動きだ。

「これはきついな。瞬発性を必要とする動きをずっと維持しているわけだからね。長距離を短距離のスピードで走っているようなもんだ」

霧村さんも選手たちを見て頷いた。

バドミントンって羽根がフワリと舞うような、ゆったりとしたイメージだったが、本格的な競技はシホたちのお遊びとまったく違う。選手たちの動きもさることながらシャトルのスピードが尋常じゃない。フワッと舞い上がったと思ったら、目には見えないぐらいの速さで叩き込まれる。選手がラケットを振り抜いた瞬間にシャトルはすでに敵陣の床に突き刺さっているのだ。

一番奥のコートから破裂するような音が聞こえた。長身の男の子が放ったスマッシュの音だ。しかし相手はもはやシホの目には捉えられない速度のシャトルをすぐさまはじき返した。すると長身の男の子は戻ってくるシャトルの落下地点があらかじめ分かっていたかのように移動して、まるでバレエのダンサーみたいにふわりと宙に舞う。そしてそのままシャトルコックにラケットを叩きつけた。先ほどよりさらに大きな乾いた破裂音がして、シャトルは急角度で相手コートに突き刺さる。今度はさすがに相手も反応できなかった。

「すごぉい！」

シホは思わず目を丸くした。

それでゲームセットだったようで二人はネットサイドに駆け寄ると握手を交わした。勝利した長身の男の子はコートから出るとスポーツタオルで顔を拭く。引き締まった細身の上半身から伸びる脚がすらっと長い。切れ長の目に通った鼻筋。肌は屋内スポーツにしては小麦色に近い。彼が舘ひろやだ。写真でもかっこいいなと思っていたが、実物はさらにイケメンだ。甘いマスクの神田くんに対してシャープな凛々しさがある。こういうタイプの男の子も嫌いじゃない。いや、ぶっちゃけど真ん中だ。

「おや？　シホちゃんの目がハート形になってるぞ」

ミキミキさんが意地悪そうにシホの顔を覗き込んだ。

「ちょ、ちょっと！　そんなんじゃないってば！」

「かわいいね。ほっぺが真っ赤っかだ」

シホは思わず両手で頬を覆った。じんわりと熱くなっている。

「シホ。頼みがある」

霧村さんがシホにおいでおいでをしながら言った。

「何よ？」

「今から舘くんのところに行って勉強法を聞き出してくれ」

霧村さんが顎で帰り支度を始めている彼の方を指しながら言った。

「ええ？　何であたしが！」

「お前はうちの助手じゃないか。俺みたいなおっさんより、同年代のお前の方が舘くんも気を許しやすい」

「そんなスパイみたいなことやったことないよぉ」

「大丈夫だ。お前は案外カワイイから」

「案外は余計よ」

シホは頬を膨らませる。

「カワイイ女の子に声をかけられれば男なら悪い気はしない」

霧村さんが自信満々に断言する。自分もそうだと言っているようなものだ。

「ハニートラップというわけだね」

ミキミキさんが聞き慣れない言葉を使った。

「ハニー？　トラップ？」

「色仕掛けということさ」

「あたしに峰不二子みたいなことをやれっていうの？」

峰不二子にデレデレしているルパンが思い浮かんだ。先日も父親と『カリオストロの城』のテレビ放映を観たばかりだ。

「あそこまで露骨にやることないよ。普通に話しかければいいんだ、普通に」

「不二子なんてできるわけないでしょっ！」

おっぱいだってまだ膨らんでないし。

舘ひろやが帰り支度を終えたようだ。胸にラケットのロゴがデザインされたウィンドブレーカーを羽織ってスポーツバッグを肩にかけた。

「急ぐんだ。帰っちゃうぞ」

霧村さんがシホの背中を押して急《せ》かす。舘は早足で体育館の玄関に向かっている。

「わ、分かったわよ！」

シホは頬をパンパンと叩くと気合いを入れた。相手が普通の男の子なら話しかけるくらいどうってことないが、今回はそうはいかない。ランドセルから手鏡を取り出すと自分の顔を映してみる。指で前髪を整えながら、笑顔が一番可愛く見える角度を模索する。

「シホ！　外に出ちゃったぞ」

玄関を見ると舘くんがいなくなっている。シホは慌てて手鏡をしまって体育館を出た。

ラケットの入った大きめのスポーツバッグを抱えた舘くんが二十メートルほど前方を歩いている。そんな後ろ姿もサマになっている。

「急ごう！」

シホたちは小走りで彼の後を追いかける。

「でもどうやって話しかければいいのよ？」

「とりあえずファンとでも言っとけ」

「彼は芸能人でもプロのスポーツ選手でもないわよ」

舘くんは足が長いだけあって歩くのも速い。

「もっと速く走れないのか？」

先頭を走っている霧村さんがシホを急かす。

「ダメよ。せっかくキメた髪形が乱れちゃうもん」

そうこうするうちに舘くんはＪＲ大塚駅に入っていった。シホたちもあとを追っていく。彼は新宿方面の山手線のプラットホームに立っていた。電光掲示板を見ると次の電車は三分後にやってくる。

「よし。チャンスだ！」

「ちょ、ちょっと待って」

シホは手鏡を取り出して前髪を確認する。そしてリップクリームを唇に塗った。

「シホちゃん、頼んだよ」

ミキミキさんが肩をポンと叩いた。シホは大きく深呼吸をする。

よしっ！

意を決して舘くんに近づく。彼はぼんやりと線路の向こうを眺めていた。

〔恵比寿駅〕

「あ、あのぉ……」

シホは思い切って声をかける。舘くんは顔をシホに向けた。彫刻刀で彫りだしたような切れ長の目に通った鼻筋。小麦色に焼けたすべすべの肌。そんな彼がシホを見て微笑んだ。真っ白い歯が口元からこぼれる。真面目な顔は凛々しいのに、笑顔は少女のように可愛らしい。シホの胸がキュンと音をたてた。本当に音が聞こえたのは生まれて初めてだ。

「君は？」

舘くんが首をわずかに傾けながら尋ねてくる。

「あ、あたし道山シホ」

「道山さん？　知ってる子かな？」

「う、ううん。話すのは初めて。でもあなたと一緒の塾に通ってんだ」

ああ、馬鹿！　本名を名乗って、見え透いた嘘ついてどうすんのよ！

「そうなんだ。ごめん、気づかなかったよ」

舘くんは疑う様子もなく髪をかき上げながら言った。すこし茶色がかった髪の毛が彼の細長い指の間をサラサラと流れる。その仕草も絵になっている。それでいて多くのイケメンに漂う軽薄さが感じられない。

ヤバい。本気で惚れてしまいそうだ。

「舘くん、すごいよね。いつも成績トップなんだもん」

「そんなことないよ。たまたま運が良かっただけさ」

そしてこの謙遜ぶりだ。あのバカ恭兵に彼の爪の垢を煎じて飲ませてやりたい。

「まさか。運だけで毎回トップなんて取れないよ。きっと二番手の人は毎回悔しがっているに違いないわ」

全く以《もっ》ていい気味だわ。お願いだからあんなバカにトップを譲らないで。

「それはどうかな」

舘くんは弱々しく笑った。自分がナンバー1であることを少しも鼻にかけてない。成績や運動神経だけでなく人間性も恭兵より遥かに優れている。ルックスに至っては比べものにならない。スポーツマンでありながら文学少年のような物静かで落ち着いた佇《たたず》まい。質実剛健プラス美、パーフェクトだ。

もう、本気でコクっちゃおうかしら。

「それで道山さんは今から塾に行くのかい？」

突然、彼が顔を覗き込むようにして尋ねてくる。いかん、いかん。そんなことを考えている場合じゃない。あたしは探偵の助手で、これは仕事。お金はもらってないけどプロフェッショナルなのだ。仕事に私情を持ち込むなって、何かのテレビドラマで言ってたじゃん。

「い、いいえ、今日はサボっちゃうつもり。舘くんは？」

さすがに入ってもない塾には行けない。

「実は僕も時々さぼってるんだ。両親には内緒だけどね」

それは意外だった。真面目そうに見えるのにサボることなんてあるんだ。

「サボるってゲームセンターとか？」

「ううん。まいちゃんに逢いに行くんだ」

舘くんはフルフルと首を振りながら答えた。

「まいちゃん？　も、も、もしかしてカノジョなの？」

「うん。ぼくの大切な大切な恋人さ」

そう言いながら舘くんは目尻を下げた。シホではない誰かを慈しむような眼差しでシホを見る。とても幸せそうな笑顔だ。

シホは思わず飛び出しそうになるため息を飲み込む。身体の力が抜けて、その場にしゃがみ込みたくなった。がっかりにもほどがある。そりゃ、そうよね。こんな素敵な男の子を他の女子たちが放っておくはずがない。同年代の男の子に興味のないシホですら惹かれてしまったのだ。

「きっと可愛いカノジョさんなんだよね」

醜い嫉妬《しっと》を見せるほどあたしは愚かな女じゃない。目一杯笑顔を取り繕って言った。

「うん。まいちゃんより可愛い子はなかなかいないよ」

「そ、そうなんだ……」

こんなかっこいい舘くんだから、あまたの女子からコクられまくっただろう。その中から選ぶんだから、カノジョさんは芸能人並に可愛いに違いない。

——きっとルックスだけが取り柄の中身がスッカスカのカラッポの女よ。女子力だったら負けないいんだから……って思い切り嫉妬してるじゃないの！

「年下なの？」

「いいや。十七歳くらいかな」

「じゅ、十七歳⁉」

十七歳といえば高校生じゃないか。四十八人いるあのアイドルグループがそんな年齢だ。舘くんはあんなオバサン連中が好みなの？

「今から塾をサボってその女性《ひと》に逢いに行くのね」

〔恵比寿駅〕

「まあね」

こちらの気も知らず舘くんはしれっと答える。やがてアナウンスが電車到着を告げる。山手線の車体が近づくにつれて大きく見えてくる。

「君も会う？」

「えっ？」

「まいちゃんに」

気がつけばシホは「いいよ」と答えていた。舘くんがそうまでして惹かれるまいちゃんとやらを見てみたい。相手によってはもしかしたらシホにもチャンスがあるかもしれない。少なくとも若さだけは勝っている。女子力だってそこら辺のオバサンたちに負けない自信がある。山手線で見かける女子高生なんて行儀が悪いし、メイクやスイーツや男の話ばかりしている。本当に下らない連中だと思う。

同時に本来のミッションを思い出していた。舘くんに声をかけたのは何もときめくためじゃない。どうして成績一番でいられるのか、その秘訣を探るためだ。肝心の仕事をちっとも果たしてないじゃないか。

プロフェッショナル失格だわ……。

後ろをふり返ると霧村さんとミキミキさんが心配そうな顔を向けている。シホは

「ミッション続行中」と頷くことで合図を送った。

やがて山手線が滑り込んでくる。風圧でシホの前髪がフワリと揺れた。扉が開いて二人は乗り込んだ。もちろん霧村さんたちもついてくる。

「カノジョさんとの出会いは?」

満員電車の中で二人は同じ鉄柱に摑まりながら立っていた。

「塾の近くの公園だよ」

「塾の近くといえば恵比寿公園のこと?」

シホは恭兵からもらった舘くんに関する資料を思い出した。その中には恭兵と舘くんが通っている塾の地図が入っていて、恵比寿駅西口から徒歩数分のところにある。その途中に恵比寿公園があったはずだ。

「もちろんそうだよ」

と舘くんが頷いた。

「その日、まいちゃんは雨に濡れて寒そうに震えていたんだ」

彼が懐かしそうに目を細めて天井を見上げながら言った。

「へ、へえ、そうなんだ」

まるで映画やドラマのワンシーンのようだ。あまりに出来すぎている。いや、待てよ。男の子だってこういうロマンティックなシチュエーションに弱いはずだ。舘くんみたいに純粋な少年なら尚更そうだ。もしかしたらそのカノジョはそれを計算していたのかもしれない。雨の日に塾に向かう舘くんより先回りして恵比寿公園で待ち伏せする。雨に濡れてブルブル震えていれば優しい彼なら心配して声をかけるだろう。

罠だわ！　ハニートラップだわ。きっとそうよ！

シホはますますまいちゃんに会ってみたくなった。十七歳ならおっぱいも膨らんでいるはずだ。オバサンの色気で彼を惑わしたに違いない。オバサンは人生が長いだけに狡賢《ずるがしこ》い知恵がついている。それでピュアな小学生を騙すのだ。

絶対に許さないんだから！

決意を新たに後ろを向くと霧村さんたちがこちらを見ている。またもミッションのことを忘れていた。しかし今となってはミッションのことなんてどうでもよくなってきた。そもそものミッションはあのバカ恭兵の依頼なのだ。さらにそこから得た情報から首位奪回を目論んでいる。舘くんにはあのバカに負けてほしくない。徹底的に打ちのめして二度と這い上がって来られないよう、どん底のどん底にたたき落としてもらいたい。

そうこうしているうちに山手線は恵比寿駅に到着した。ビールのＣＭでおなじみのメロディが流れる。おかげで外の景色を見てなくても恵比寿駅だということが分かる。

電車を降りて舘くんについて行く。改札を出て駅ビルの大きなエスカレーターの脇を通って外に出ると恵比寿像が目に入る。石造りの台の上に恵比寿様が座り、台の下には鉄製の賽銭《さいせん》箱が設置されている。待ち合わせの目印にもなっているようで、多くの人たちがケータイ画面を眺めながら周囲に立っていた。

駒沢通りを渡って路地に入っていく。途中、小さな神社があった。恵比寿神社だ。

「ちょっと待って」

シホは十円玉を取り出すと神社の賽銭箱に放り込んで手を合わせた。

――オバサンに負けませんように。ついでにバカ恭兵が転落しますように。

「ごめんなさい」

二人はさらに歩みを進めた。後ろでは少し距離をおいて霧村さんとミキミキさんがついてくる。舘くんは二人の大人に気づいてないようだ。一度も彼らを気にした様子がない。

やがて大きな公園が見えてきた。すぐ隣は小学校だった。

〔恵比寿駅〕

「ここは夕焼け小焼けの小学校なんだよね」

舘くんが言うには、この渋谷区立長谷戸《ながやと》小学校に在職していた音楽教師がシホでも知っている童謡を作曲したことからそう呼ばれているらしい。

「へぇえ」

とシホは相づちを打った。シホの小学校のOBには国語の教科書に載るような小説家がいる。偉い人って意外と身近にいたりするものだ。

公園に入るとロケットやプロペラ飛行機をかたどった遊具が設置されていて子供たちが戯《たわむ》れている。ベンチにはサラリーマンや老人たちがくつろいでいた。公園奥の方に女子高生のグループが見えた。あの中にまいちゃんがいるのだろうか。

舘くんが彼女たちの方に向かって歩いて行く。やっぱりあの中にカノジョがいるようだ。全部で四人。それなりに整った顔立ちの女性ばかりだ。だけどどこかすれているというか、茶髪で制服の着こなしもだらしない気がする。頭も弱そうだ。舘くん、あまり女性の趣味がよろしくないようだ。

誰に声をかけるかと思っていたが、舘くんは女子高生たちのグループを素通りしていく。

――あれ？

さらに彼は奥に進み、草むらに入り込んでいった。草をかき分けると段ボールの箱が置いてあった。置いてあったというより草むらに隠してあった様子だ。

「道山さん、紹介するよ。この子がまいちゃん」

「へっ?」

その子はシホが予想していた以上に可愛い女の子だった。大きな瞳が黒真珠のようにクリクリしている。鼻筋がすっと通っていて小さな鼻はうっすらと濡れていた。

「可愛いっ!」

シホは思わずその子を抱きしめた。可愛いすぎる。反則的な可愛さだ。とてもかなわない。その子はシホの胸でブルブルと震えている。骨のゴツゴツとした感触と体表の温もりが手のひらに伝わってきた。儚《はかな》さすら感じる重みが何とも愛おしい。

まいちゃんは白い尻尾を振りながらシホの顔を見上げた。

「ロングコートチワワ。人間の年齢に換算すると十七歳なんだって」

「この子があなたの恋人なのね」

舘くんが照れくさそうに笑う。シホの中で彼の好感度はうなぎ上りだ。犬を可愛がる人に悪い人はいない。本当はシホも飼いたいけどマンションという住宅事情を考えると実現は難しい。

「本当は僕が引き取ってあげたいんだけど、ママが犬アレルギーだからうちでは飼えないんだ」

舘くんはシホが抱いているまいちゃんの頭を優しく撫でながら寂しそうに言った。

「ちょっと失礼」

突然、背後から霧村さんが割り込んできた。そしてまいちゃんに顔を近づけてじっと覗き込む。さらには手足や尻尾、毛並みまで検分し始めた。その表情は妙に真剣だ。

「な、何よ！」

「シホ、この犬の名前はなんていうんだ？」

霧村さんはシホたちから距離を取っていたから会話の内容までは把握してない。当然、名前を知るはずがない。

「まいちゃんだけど」

「まいちゃん……」

霧村さんの瞳がキラリと光った。まいちゃんが大きな瞳をキョロキョロさせている。霧村さんを怖がっているようだ。実際に彼の真剣を通り越した表情は少し怖く感じるほどだ。

「君がつけた名前なのか？」

霧村さんは舘くんに尋ねた。舘くんはいきなり現れた大人に気圧されたように首をフルフルと振った。

「ちょっと、霧村さん。名前も名乗らないでいきなりそんな怖い顔しちゃビックリするでしょ」

「あ、ごめん」

霧村さんは慌てて表情を崩して謝った。

「こちら霧村さんと、ミキミキさん。あたしの知り合いなの」

シホは二人の大人を舘くんに紹介した。彼は礼儀正しく自己紹介を返した。

「このまいちゃんって名前は君が？」

「いえ、僕じゃありません。誰かまでは知りませんけど」

霧村さんは「そうか」と複雑そうな顔でまいちゃんを眺めた。まいちゃんは相変わらず大きな黒目をウルウルさせながらシホの腕の中で震えている。その骨格の感触はガラス細工のように繊細で、力を入れたり落としてしまったりしたら壊れそうだ。

「ひろやくん」

突然、別の男性が舘くんに声をかけてきた。二十代前半ほどだろうか。度の強い黒縁メガネをかけているためか目が小さく見える。顔も体もまん丸だ。服装もトレーナーにジーンズと垢抜けない。しかし舘くんに向ける柔和な微笑みはどこか和ませるものがある。

「塚本《つかもと》さん」

「まいちゃんはどう？」

舘くんが塚本と呼んだ男性はシホが抱いているまいちゃんを覗き込んだ。

「少し汚れが目立ってきてますね」

たしかにまいちゃんの長い毛並みはところどころ泥で滲んでいる。

「また洗ってやんなくちゃな。ところでこの可愛いお嬢さんは君のカノジョかい？」

塚本さんは舘くんに尋ねると彼の小麦色の頰が少しだけ赤みを増した。

「ち、違いますよ！　さっき初めて会ったばかりなんです。そういうんじゃないですから」

彼は両手を胸の前で激しく振りながら言った。

——そこまで思いっきり否定しなくたっていいじゃん！

「そうかぁ。てっきり美男美女のお似合いカップルだと思ったんだけどな」

シホの中で塚本さんの好感度が突き抜けた。この人は本当に本当にいい人だ。やはり犬を可愛がる人に悪い人はいない。

「そうだ。この前の塾の共通テストでまた一番でしたよ」

舘くんが塚本さんに向かって胸を張る。

「そうか！　こちらもやりがいがあるよ」

やりがい？　やりがいってどういうことだろうか。

「ねえ、舘くん。どういう勉強すればあんな成績が取れるの？」

シホは本来の仕事を思い出して彼に尋ねた。しかし霧村さんはそのことに対して興味を失っているようだ。複雑そうな目でまいちゃんを見つめている。

「実は僕もつい最近まではランク外だったんだ。勉強はしていたつもりなんだけど、なかなか成績が上がらなくてね。やっぱりやり方が悪かったんだ。勉強にもテストにもコツがある。それを知らないと遠回りをしてしまう」

「コツって何？　あたしにも教えてよ！」

シホのミッションはまさにそれだ。彼から勉強のコツを聞き出すことなのだ。

「簡単なことだよ。塚本さんに勉強を見てもらえばいいのさ」

＊＊＊＊＊＊＊＊

舘くんの話によれば塚本さんとの出会いは五ヶ月ほど前らしい。塾に向かう途中、まだ時間があったので恵比寿公園のベンチに座ってジュースを飲みながらくつろいでいたら、隣にチワワを抱いた青年が腰掛けてきた。それが塚本冬樹《ふゆき》さんだった。舘くんも犬が大好きなのだが母親がアレルギーなので飼えない。そして犬の中でもチワワが好きだった。

彼は塚本さんに犬の名前の由来を聞いた。しかし塚本さんは名付け親ではないという。彼はある塾の講師をしていたことがあって、元教え子がまいちゃんの飼い主だという。まいちゃんという名前もその教え子がつけたそうだ。ところがある事情で犬を飼うことができなくなり、塚本さんが引き取った。しかし彼の住むアパートはペット厳禁だという。仕方がないのでアパート近くの恵比寿公園の草むらにまいちゃんを入れた段ボールごと隠して、こまめに様子を覗いては世話を続けていたらしい。塚本さん一人では大変そうだし、まいちゃんのことも心配だったので舘くんもこうやって塾をサボって様子を見に来ていたというわけである。しかし成績が下がってしまってはサボっていることがいずれ両親にバレてしまう。そこで元塾講師だった塚本さんが代わりに彼の勉強を見ていたというわけだ。

その塚本さんがただ者ではなかった。舘くん曰く「伝説のカリスマ講師」だったらしい。彼の指導は舘くんの能力を一気に解放した。塚本さんのレクチャーを受けると、それまで理解できなかったことが頭の中でイメージとして捉えられるようになるという。

それからわずか二ヶ月で舘くんの成績は飛躍的にアップして、ついには塾で不動のトップであった柴木恭兵を追い抜いた。そして今日までトップの座を守っているというわけである。

「ねえ！　聞いててっ！」

シホは恵比須公園のベンチでまいちゃんに餌をやっている舘くんと塚本さんに声をかけた。

「よぉ、シホちゃん、どうしたの？」

塚本さんが手を上げながら言った。まいちゃんもウルウルした瞳でシホを見上げる。

「こんにちは、まいちゃん」

〔恵比寿駅〕

とヒョイヒョイ揺れる尻尾を摑まえて握手をする。

「じゃーん！」

シホはランドセルから折りたたんだ用紙を取り出すと開いて見せた。

「すげえ！　九十八点じゃん」

舘くんが受け取ったテストの答案を眺めながら目を丸くする。

「クラスで一番よ」

シホは両手を腰に当てて胸を張るポーズを取った。クラスで一番は初めてのことだ。担任の先生からも今までにないくらい褒められ、クラスメートたちからも羨望の眼差しを集めた。

「大したもんだよ、シホちゃん」

塚本さんが拍手をする。舘くんもまいちゃんを膝に置いたまま彼に倣った。まいちゃんも歓迎してくれているのかシホの指をペロペロと舐める。

「そんなことないよ。塚本さんのおかげだもん」

あれから一週間、山手線探偵の助手はサボってこの公園に通い詰めた。まいちゃんの世話のためと言っているが半分は舘くん目当てだ。そのついでに塚本さんに勉強を見てもらったのだ。それは舘くんの言うとおりだった。食塩水の問題が、さっぱり分からなかったことが嘘のようにスラスラと解けるようになった。塚本さんの教えるように水と食塩を分けて考えれば簡単なことだった。むしろ今までどうしてこんな簡単なことが理解できなかったのだろうと思う。

ふと公園の外に目を向けると街路樹の陰に隠れてこちらを見ている少年がいた。シホと目が合うと木の陰にさっと顔を隠す。

柴木恭兵だ。

霧村さんも仕事だからきちんと依頼人に調査結果を報告したのだろう。だから舘くんがここで勉強を教わっていることを知っているのだ。

「ねえ、塚本さん。最近、色白でメガネをかけた男の子から勉強を教えてほしいって頼まれなかった？」

シホが尋ねると塚本さんは何度も頷いた。

「うんうん。昨日、家に帰る途中、メガネの男の子に声をかけられたよ。専属で家庭教師をしてもらえないかってね」

やっぱり。そうやって塚本さんを舘くんから引き離すつもりだ。

「塚本さん、まさか引き受けなかったよね？」

「ああ。まいちゃんの世話があるからね。でも勉強なら教えてあげるから公園においでって言ったんだ。そしたら……」

塚本さんが小さく首を傾げながら言う。

「そしたら？」

「それだったら結構ですって言うんだよ。もしかして知ってる子？」

「名前と顔だけ。全然親しくないから」

プライドの高い恭兵のことだ。塚本さんに勉強を見てもらいたいくせに、ライバルと一緒に勉強するのが許せないのだろう。本当に小っさいヤツ！

事情を知らない舘くんはポカンとしている。まさか自分が偵察されているなんて夢にも思ってないだろう。シホもいちいち伝えるつもりはない。あまりに下らなすぎる。恭兵なんてもちろん無視だ。

「塚本さんはどうして塾の先生を辞めちゃったの？」

シホが尋ねると塚本さんが弱々しく微笑みながら、

「怖くなっちゃったんだよ」

と答えた。

「怖い？　何が？」

今度は舘くんが聞いた。

「生徒に勉強を教えることが、さ」

「どうして？　塚本さんのおかげで僕たちは成績が上がった。それだけじゃないよ。勉強がこんなに楽しいものなんだってことを知ったんだ」

「そうよ。分かるようになると算数も理科も実はとっても面白いことなんだって思ったよ。あたし、特に食塩水の濃度の問題がホントに大嫌いだったんだけど、今では大得意よ。塚本さんに教えてもらって、なんだ、実はとっても簡単なことじゃんって」

自宅に帰っての勉強もとても楽しかった。参考書の内容が手に取るように理解できるのだ。そして実力がめきめきと音を立ててついてくるのが実感できた。

「でも本当に楽しいのはクラスで一番になることね。あたし、テストの成績で一番になったことなんてないからさ。こんなに気持ちがいいことだったなんて知らなかったよ。こんなことならもっと早く一番になっとけばよかった」

シホは少しおどけるようにして言った。

「僕もだよ。塚本さんに勉強を見てもらうようになってからトップになることの充実を実感させてもらったんだ」

と舘くんも笑う。

〔恵比寿駅〕

その分、恭兵のヤツは悔しいんだろうな。シホは彼の立っていた街路樹周囲に視線を戻した。しかしもうすでにそこにはいない。おそらく塾に行ったのだろう。本当だったら舘くんも行ってなければならないのだが。

「一番で居続けるのは大変なことだし立派だと思う。だけど一番になりたいからとか、ライバルに勝ちたいからという人に、僕は勉強を教えたくない」

突然、塚本さんが真剣な顔で言った。いつもはニコニコして優しいのにこの時だけは少しだけ怖く感じた。シホはまいちゃんをキュッと抱きしめた。

「ライバルと競い合ってそれを励みに勉強をするのはいいことだと思う。だけどそれではいつしか、勝つことや一番になることだけが目標になってしまう。勉強というのは知識や教養を高めていくためにするものだ。決して勝ち負けを決める武器や技ではない。それでも勝てればいいさ。しかし負けた方は傷つくんだ。それは時として取り返しのつかないことになることもある」

塚本さんは哀しそうな目であかね色の空を見上げた。

シホには彼が何を言いたいのかよく分からなかった。彼の言う取り返しのつかないこととはどういうことなのか。

「それって武田《たけだ》金《きん》太《た》郎《ろう》くんのことですよね？」

突然、黒い影が近づいてきて塚本さんに声をかけた。

「霧村さん」

思いがけない人物の登場にシホは彼の名前を漏らした。最近は学校が終わるとすぐにこの公園に通っていたので、彼の顔を見るのは一週間ぶりになる。霧村さんも霧村さんで倉内猛のジャケットの襟の裏から出てきた鍵と合う鍵穴を探していたはずだ。

塚本さんも舘くんも霧村さんの突然の登場に驚いたような顔で会釈《えしゃく》をした。

「金太郎くんのことを知っているんですか？」

塚本さんが警戒を滲ませた声で霧村さんに尋ねる。武田金太郎くん。シホも知らない名前だ。

「ええ。実は去年、彼に犬捜しを依頼されたことがあるんですよ。飼っていたチワワがいなくなったってね。うちの事務所にやって来ました」

去年までは上野に事務所を構えていた。ということは武田金太郎くんは霧村さんの上野時代のクライアントということになる。

「霧村さんは犬捜しの仕事もされているんですか？」

「ええ。まあ、探偵といっても便利屋みたいなもんですよ」

便利屋。たしかに私立探偵というより今の霧村さんはそちらのイメージだ。小学生の勉強法を探る私立探偵なんて聞いたことがない。山手線を事務所代わりにしている探偵なんてさらに聞いたことがないけど。

「もしかしていなくなったチワワってまいちゃんのこと？」

シホの質問に霧村さんはゆっくりと首肯《しゅこう》しながら今度は、

「塚本さんは金太郎くんの通っていた塾の講師をされていたんですか？」

と塚本さんに尋ねた。

「いいえ。実は金太郎くんのお父さんから彼の家庭教師を頼まれたんです。お父さんはお医者さんで、僕の母親の担当医でした。母親は難しい病気を患《わずら》っていて、執《しっ》刀《とう》できるドクターが日本にも数人しかいないような状況でした。その難しい執刀を先生が成功させてくれたんです。いわば母の命の恩人です。その先生が息子である金太郎くんをご自身の母校である敬明大学医学部に進ませたいとおっしゃったんです」

敬明大学といえば恭兵の通っている小学校と同じ系列だ。

「でも金太郎くんはまだ小学生でしたよね」

霧村さんが言う。大学というから金太郎くんという男性はてっきり高校生かと思っていたが、違うようだ。

「ええ。まずは敬明中学を希望されてました。実は彼が幼稚園の時も敬明小学校を受験していたらしいんですが、その時は受からなかったそうです。家庭教師を頼まれた時点での金太郎くんの学力で敬明中学は正直かなり厳しい状況でした。ご存じの通り、敬明大学の医学部は超がつく難関ですから今から準備しておかなくちゃならないんです」

「うへぇー。今から大学受験なの？」

大学なんてまだまだ遠い将来のことだと思っていた。そこから就職、結婚、出産と女の人生って案外短いのかな。

「敬明の医学部を目指している人たちは今から動いているよ。そこまでしないとなかなか難しいんだ」

塚本さんが丸い顔を頷かせながら言う。

「で、金太郎くんは敬明中学に合格できたの？」

シホが尋ねると塚本さんが苦しそうに顔をゆがめた。どういうわけか霧村さんまで表情を曇らせている。何だか聞いてはいけないことに触れてしまったようだ。沈痛な空気が流れている。

「金太郎くんは亡くなったんだ」

やがて塚本さんが静かに答えた。霧村さんが唇をぐっと噛みしめている。

「ええ？　死んじゃったってこと？」

「一年ほど前のことさ。列車に轢かれてね。目撃した人たちが言うには自殺だったんじゃないかって……」

思わぬ展開にシホも言葉を失った。舘くんも顔を強ばらせている。亡くなった少年はまいちゃんの前の飼い主で名付け親なのだ。

「僕は金太郎くんの家庭教師を引き受けました。勤務先の塾の方針でそういうことは禁じられているんですが、金太郎くんのお父さんは僕の母親の命の恩人でもあるんです。武田先生の治療によって母は一命を取り留めました。その恩に報いたかった。だから快諾しました。もちろん塾には内緒でしたけどね」

塚本さんは薄いため息をつくと目を細めた。大きな後悔を噛みしめているように見える。

「その時の彼の実力では敬明中学は夢のまた夢でした。しかし彼のお父さん、武田先生には何としてでも恩返しをしたかった。だから絶対に彼を合格させてやろうと意気込んだんです。僕は自分で言うのも何だけど、指導方法には定評があります。

塾生や保護者たちからはカリスマ講師なんて呼ばれてましたし、僕もそれなりの結果を出せる自信がありました。だからのぼせ上がっていたんですね。人間相手だということを忘れていた。ただただ成績と偏差値の動きだけしか見ていなかった。僕は生徒たちを受験マシーンに育てていたんです」

「先生の指導を受けても金太郎くんの成績は上がらなかったんですか？」

今度は舘くんが尋ねた。自殺したということはそういうことなのだろう。

「いや、彼は成績をぐんぐんと伸ばしたよ。一年足らずで敬明の合格ラインまで到達した」

「だったらどうして？」

舘くんがショックを受けたように顔をゆがめる。

「僕は彼の成績を上げることだけに必死だった。多くの宿題を出しては一日二十四時間勉強以外のことを考えられないようにしたんだ。勝つことがすべてで、負ける人生には何の価値もない、とまで言った。だけど彼のためを思ってしたんじゃない。武田先生の恩返しのため、つまり僕自身の自己満足のためさ。僕は最後の最後まで彼の心の変化に気づかなかった。金太郎くんは嫌な顔ひとつしなかった。だから成績の順位が上がっていることに充実感を持っているとばかり思っていた。だけど違ったんだ。父親や僕の期待に応えようとするあまりに無理をしていて、彼の体も心も疲れ切っていたんだ。限界を超えていたことに僕は気づかなかった」

事故を目撃した乗客たちの話によれば、金太郎くんは居眠りをしていてホームから落ちたという。乗客の一人が金太郎くんを助けようと手を伸ばしたが、彼はそれを拒否して滑り込んできた山手線に轢かれたらしい。

凄惨な場面を想像して、シホは思わず両腕をさすった。

「負担だったんだ。僕たちの期待に応えようと無理をしすぎてあんなことに……」

塚本が声を詰まらせた。

「それがきっかけで塚本さんは塾講師を辞めたんですね？」

舘くんが尋ねると塚本さんは「うん」と小さく頷いた。彼にとっても金太郎くんの死は大きな衝撃だったのだ。やはり大人の世界は難しい。ただ努力をして結果を出せばいいというものではない。想定外のことが起きてもその責任を負わなくてはならないのだ。

「だけどどうして僕の勉強を見てくれたんですか？」

舘くんが痛ましそうな表情を見せながらも塚本さんに尋ねた。

「それはやはり教えることへの情熱を捨てきれないから……かな。やっぱり子供たちに勉強を教えるのは楽しいんだよ」

彼は寂しそうに微笑みを漂わせた。

「本当に金太郎くんは自殺だったのかな？」

しばらく黙っていた霧村さんが口を開いた。

「ええっ！」

シホと舘くん、そして塚本さんの三人の声が重なった。

「どういうことよ？」

「もしかしたらこれは松宮葉子の事件に関係しているのかもしれない」

「はぁ？」

シホは思わず素っ頓狂な声を上げてしまった。松宮葉子の事件とはあの痴漢冤罪の仕掛け人たちが殺された事件のことではないか。どうしてそれが金太郎くんの自殺騒動につながるというのか。自殺と痴漢と殺人。場所も時期も違う。シホには見当がつかなかった。

「ねえ、霧村さん。ちゃんと説明してよ。まずは金太郎くんと霧村さんとの関係から」

シホはこんがらがりそうになる頭をコツコツと拳で叩きながら言った。

〔恵比寿駅〕

霧村さんが腕を組みながらどこから話そうかと思案するように、そろそろ夜支度を始めている空を見上げた。

〔上野駅《うえの》〕

＊

一年ほど前、霧村がシホと知り合う前のことだ。霧村雨は事務所の椅子に腰掛けながら窓の外を眺めていた。雨粒が窓ガラスの塵埃《じんあい》を巻き込みながら流れていく。窓の外は簡素で古めかしく面白味のない雑居ビルや民家が密集している。遠くの方に建設中の東京スカイツリーの影がぼんやりと滲んでいる。車の排ガスと騒音で外の空気も目に見えて淀んでいる。この一時の雨がそんな淀みを浄化してくれるだろうか。

「霧村探偵社」は上野駅から、頭上は首都高速一号上野線、地下は東京メトロ日比《ひび》谷《や》線が走る昭和通りを横切ってしばらく進んだ、建物が櫛比《しっぴ》している細い路地に建つ雑居ビルに入居していた。住所は東上野三丁目。昭和と平成時代の東京をずっと見届けてきたような年季の入った粗末なビルだった。それだけに家賃は上野駅まで徒歩数分という利便性の高い立地の割に格安だった。窓から見える東京スカイツリーの風景が気に入ってこの物件に決めたのだ。

とはいえ、どんなに格安の家賃でも収入がなければ支払えない。この頃の霧村は資金繰りに苦労していた。数年前の彼はそれなりの顧客と彼らからの信頼を得ていた。浮気や身元調査がメインだったとはいえ仕事も丁寧だったし、顧客には相応の結果と満足を与えてきたという自負もある。

しかしパソコンに記録していた個人情報がウィルスによって流出するというトラブルを起こしてからというもの、顧客が一気に離れていった。信用第一の探偵業において個人情報の流出は致命的だった。もっとも重視しなければならないはずのセキュリティ対策費を経費削減に当ててしまったのだ。ここ数年、フランチャイズ化された探偵社の新規開業が増えて、この業界も競争が激しくなり、調査報酬のダンピング合戦も熾烈で、霧村も経費を切り詰めることでの応戦を余儀なくされたのだ。

後悔先に立たずとはまさにこのことで、一度失った信用を取り戻すことは、極めて困難であり何よりも長い年月を要する。しかしその間にも家賃や光熱費といった固定経費は重くのしかかってくる。銀行の預金残高はみるみる目減りして、いよいよあと一ヶ月で底をつくほどになった。しかし顧客は離れていくばかりで増える気配はない。広告を打とうにも資金がない。転居も考えたが、引っ越し代や敷金礼金など金がかかることに変わりはない。とりあえず来月にはここを閉めることが決まっている。それから先をどうしようかと窓の外を眺めながら途方に暮れる毎日だ。

玄関の方で金属の棒を束ねただけのドアチャイムがジャラジャラと音を立てた。二週間ぶりの客だ。しかしそこに立っていたのは一人の少年だった。探偵社を開業して以来、ここに子供が訪れてきたことは一度もない。訪ねる場所を間違えたのだと思い、霧村はがっかりと肩を落とした。

「少年、場所を間違っているよ」

「霧村探偵社ってここじゃないんですか?」

少年は扉に刻まれた屋号を確認しながら言った。口元から赤みのかかった頬にかけてチョコレートのクリームがベットリとついているが気づいてないらしい。背中には青いランドセルを背負っていた。全体的に丸みを帯びたシルエットの小太りな少年だった。

「ここは子供が来る所じゃないんだけどな」

「この前、父さんと『依頼人』って映画見たんだ? 子供が仕事を依頼してたよ」

『依頼人』なら霧村も見たことがある。ジョン・グリシャム原作の映画化だ。

「あれは弁護士だろ。おじさんは私立探偵だ」

「似たようなもんじゃない」

　霧村は苦笑した。子供にとって弁護士も探偵も似たようなイメージなのだろう。実際は天と地くらいの差があるのに。

「腰掛けていい？」

少年は顧客用のソファを指さして言った。

「どうぞ」

と霧村は促した。今日も客が訪ねてくる気配がない。どうせ暇だ。時間つぶしにはなるだろう。

「それじゃあ、名前から聞こうか」

「名前は武田金太郎」

少年はそう答えると人なつこい笑みを浮かべた。憎めない男の子だ。

「金太郎くんか。見た目どおりの名前だな」

「いやぁ、それほどでも」

金太郎は両手を振りながら謙遜する。別に褒めてないんだが。

「それでご職業は？」

「職業はええっと……学生！」

半分冗談で尋ねたのに真剣に答えようとする姿が微笑ましい。

「学生さんか。どちらの学生さん？」

「盟尊《めいそん》小学校の六年生。出席番号十三番。みんなにはゴルゴって呼ばせてるんだ。だってせっかくの十三番なんだもん」

呼ばれてるんじゃなくて、呼ばせてるのか。そもそもその人なつこい顔と太っちょの体でゴルゴを名乗るとはどんだけ身の程知らずなんだよ。

「で、ゴルゴ武田はここへ何をしに来たんだい？」

「依頼だよ」

「ゴルゴ13ってのは依頼される方だろ」

「いやいや、僕はそう呼ばれてるだけで、実は本物のスナイパーじゃないんだ」

「そうなのか。そりゃ意外だな」

呼ばれているじゃなくて、呼ばせているだろうが。

「霧村さん、バカにしてるでしょ」

「気のせいだ。さあ、続けて」

霧村は小さく手を広げながら話を促した。我ながらコントを演じているようだ。

「まいちゃんを捜してほしいんだ」

「まいちゃん？」

「これ見て」

そう言いながら、ゴルゴ武田は一枚の写真を差し出した。デジカメで撮影してプリントアウトしたものだ。それを見て霧村は思わず「カワイイ！」と口走ってしまった。白と茶のフサフサとした艶のある毛並みの小犬だった。三角の長めの耳の片方がふにゃりと垂れている。黒真珠のような大きな瞳をウルウルさせながらこちらを見ている。あまりの愛くるしさに思わず抱きしめてしまいたくなる。霧村も犬好きだ。子供の頃に小犬を飼っていた。

「メスのロングコートチワワだよ。今日、公園に行ったらいなくなってたんだ」

「公園？」

「うん。うちの近くの恵比寿公園」

「いや、そうじゃなくて公園で飼ってるのかい？」

「捨て犬らしいからね。うちで飼いたいんだけど、両親が反対してさ。臭いが嫌なんだってさ」

金太郎は不満そうに唇を尖らせながら続ける。

「しょうがないから他の人に見つからないように、草むらに段ボールで家を作ってやって毎日餌をやっているんだ。そうやってずっと世話をしてきたんだよ。それが今日、公園に立ち寄ったら箱が空っぽなんだ。辺りを捜し回ったけど見つからなかった」

「誰かが拾っていったんじゃないか？」

写真を見る限り、毛並みも良さそうだしルックスも可愛らしい。飼いたいと思う人も多いだろう。

「そうかもしれないけどさぁ。でもうちの父さんが言ったんだよ。敬明中学に合格したら飼ってもいいって」

「敬明中学か。超難関じゃないか。すごいな」

「敬明は僕の父さんの母校なんだよ」

「ちなみに君のお父さんは何をされている方なのかな？」

「医者だよ。敬明病院で外科医をやってるんだ」

霧村は金太郎を見つめたまま嘆息する。敬明大医学部は都内はおろか、日本でも屈指の難関校だ。金太郎の通う盟尊小学校は恵比寿駅からほど近くという好立地にある。そこが通学圏内なら彼は裕福な家庭の子息ということだろう。そのわりに着ている服は庶民的だ。

「僕、どうしてもまいちゃんを飼いたいんだよ。だから霧村さん、見つけてほしいんだ」

「まいちゃんか……」

あれはもう八年も前のことだ。この探偵社の記念すべき第一号の依頼が迷子犬捜しだった。依頼人は飼い主である一人暮らしの老婆。柴犬だったが、奇《く》しくも犬の名前はまいちゃんだった。あらゆるツテと手法を駆使して捜し回ったが結局見つからなかった。初仕事は霧村にとって苦い思い出となったのである。

「どうしたの？」

気がつくと金太郎が顔を覗き込んでいた。チョコレートの甘い匂いが漂ってくる。

「なんか、ぼんやりとしちゃってさ」

「な、何でもない」

霧村は咳払いをして少年に向き直る。

「分かった。引き受けよう」

霧村は依頼を受け入れた。

「本当？　ああ、だけどなあ……」

金太郎は満面の笑みをすぐに撤回した。

「どうした？」

「報酬だよ。うちはそんなに貧乏じゃないのに両親ともケチなんだよ。お小遣いは月二千円しかくれないんだ」

「ケチなんかじゃない。それが親の教育というものさ。立派な親御さんだと思うよ」

「それはともかく……。『志村屋《しむらや》の肉まん』も減らしてなるべく貯金したんだ。まいちゃんの餌代も必要だったし。でも今はこれしか払えないんだよ」

金太郎は済まなそうに顔を俯けながら、千円札三枚を出した。

「調査費用は応相談って外の看板に書いてあったけど足りないよね？」

「足りないってレベルじゃないいな」

少なくとも桁《けた》が二つほど違う。

「だよね」

金太郎は三千円を握りしめて頭を抱えだした。

「三千円でいいよ」

「本当？」

金太郎はパッと頭を上げて顔を輝かせた。

〔上野駅〕

「とりあえずひとつだけ条件がある」

「なんでもするよ！」

「先《さつき》から気になってたんだ。これで口元を拭け。チョコレートでベタベタだ」

霧村はティッシュペーパーを金太郎に渡した。彼は恥ずかしげに微笑むと受け取ったティッシュペーパーで口元を拭った。

「霧村さん。本当に三千円でいいの？」

霧村は首肯する。すごい赤字になるだろうけど、この仕事は引き受けずにはいられなかった。見つけられなかったまいちゃん。顧客第一号の仕事だけに忸怩《じくじ》たる思いが残っていた。それがずっと心のどこかに小さな釣り針のように引っかかっていたのだ。そして金太郎の依頼も同じ名前の犬。運命を感じずにいられない。これがおそらく霧村探偵社最後の仕事となろう。それが果たせなかった初仕事のリベンジである。終幕を飾るにふさわしい仕事だ。

＊

恵比寿駅西口を出ると恵比寿像が台の上に鎮座している。待ち合わせスポットだけあって多くの人たちでごった返している。大通りを横切って恵比寿神社を通りかかる。

「お祈りしていこうよ」

そう言って金太郎は境内《けいだい》に入っていった。彼は賽銭箱に十円玉を放り込んで両手を合わせる。

「まいちゃんが無事に見つかりますように」

その姿を見て、霧村は八年前の自分を思い出した。霧村探偵社を開業した日だ。ここことは別の神社だったが、商売繁盛を祈願して賽銭箱にお金を放り込んだ。思えば、八十円だった。財布に入っていた小銭が十円玉八枚だったのだ。両替してでももっとたくさん放り込んでおけばよかったと今さらながらに思う。

霧村は金太郎の隣に立つと同じように十円玉を放り込んだ。今度は八年前の反省を生かして多めに放り込む。金太郎はにこりと微笑んで「ありがとう」と言った。

「いつもはここにいるんだ」

二人は恵比寿公園にいた。恵比寿神社から歩いて一分の距離にある。武田金太郎の自宅も彼が通う塾もこの近くだという。金太郎は公園の端の方にある草むらをかき分けていく。そこには小さな段ボール箱が置いてあった。中には小さく切った毛布が敷き詰められていた。その傍らには餌用の皿も置いてある。辺りを見回しても犬の姿はない。

「さてと。どこから手をつけるべきか」

霧村が空になった段ボール箱を見つめながら思案していると、

「おじさんかなあ」

と金太郎が言った。

「おじさん?」

「うん。まいちゃんの世話をしていると時々、声をかけてくるおじさんがいたんだ」

「どんなおじさん?」

「僕の父さんくらいの年齢の人だから四十代後半といったところかなあ」

金太郎が指をふくよかな頬に置いて顔を傾けた。

「特徴を教えてくれ」

霧村はメモ帳とペンを取り出した。いつでも取り出せるし、それも無意識の行動だ。職業病といってもいいかもしれない。

「帽子をかぶってる。長身で細身の体形。少し色白だったかな。縁なしのメガネをしてた」

霧村は特徴をメモした。しかしそれだけで特定するのは不可能だ。

「もう少し詳しく分からないか」

「僕の父さんも似たような感じだけどもうちょっと優しい顔をしている。そのおじさんは冷たいというか鋭い感じかな」

帽子をかぶっていたなら完全に特徴をつかむのは難しいだろう。

「もちろん知らない人なんだよな？」

「うーん、それがどこかで見たことがあるんだよね」

金太郎が腕組みをしながら顔を上げた。

「思い出せないのか？」

「うん。ちらっと見かけたとかそんな感じだと思うんだ。電車とかどこかの店の中とか。だからはっきりと記憶に残ってないんだと思う。名前を尋ねたけど、名乗るほどじゃないとか言って教えてくれなかったね」

せめて名字だけでも分かれば攻めようがあるんだが……。

「そのおじさんは君に何を話しかけてきたんだい？」

「主に勉強のことだね。最近は頑張ってるかとか成績はどうだとか。その頃は成績の順位が上がってたからさ。つい自慢しちゃったよ」

と金太郎が苦笑する。

「その頃は？　その前の成績は悪かったのか？」

「まあね。父さんは僕に敬明中学に入ってほしいんだよ。さっきも言ったけど父さんもあそこの出身なんだ。敬明小学校から中学高校、大学の医学部と敬明フルコースを進んでいったのさ」

「それはたしかにすごいな」

敬明は東大輩出人数も屈指だが、医学部も看板の一つである。そのためか生徒たちは医者の子弟が多いという。

「簡単に言わないでよ。その子供は大変なんだから。そりゃあ、すごいプレッシャーなわけですよ」

金太郎が大げさにおどける。

「でも今は成績がいいんだろ？」

「うん。父さんがスゴい家庭教師をつけてくれたんだ。塚本先生っていうんだけど、有名塾のカリスマ講師らしいよ。なんでも父さんが塚本先生のお母さんの命の恩人なんだって。だから引き受けたって先生が言ってた」

金太郎の父親は相当に難しい手術を成功させたという。なるほど。その塚本という講師にとって金太郎を敬明中学に合格させることは、母親の命を救ってくれた主治医に対する恩返しというわけだ。

「成績が上がると勉強が楽しいだろ」

「そうだね。やっぱり楽しいよ。先生に教わると今までさっぱり理解できなかった方程式とか図形の問題の解答が一目見ただけで頭の中にイメージできるんだ。面白いよね。木の裏側にあるものを見たければ木の裏側に回り込めばいい。今までの僕はそれをしないで一生懸命木の正面を見つめていたんだ。そんなことすら気づかなかった」

塚本という講師は物事のたとえ方が上手いのだろう。生徒たちが理解しやすいように分かりやすいものにたとえながら解説していく。何事にもコツや秘訣というものがある。それが分からないといつまでたっても近づけない。探偵の仕事も似たようなところがある。

「勉強が分かるようになるとさ、物事がぱっと開けて見えるんだ。目から鱗《うろこ》が落ちるってこういうことを言うんだなって。だから毎日が楽しくてしょうがないんだ」

金太郎の毎日は充実しているのだろう。嬉しそうに語る彼の顔は輝いていた。

〔上野駅〕

「それで先ほどのおじさんの話に戻るが、勉強以外に何を話したんだい？」

「ホントに勉強の話だけだよ。どんな参考書を使っているかとか、家庭教師をつけているかとか。それ以外の話題になったことがなかった」

「塚本先生のことを話したのかい？」

犬の失踪には関係なさそうだが、一応聞いておく。ごくまれではあるがこういう無関係そうなことが真相に近づく重要なキーになることだってある。

「ううん。先生の勤務している塾の方針で本当は家庭教師をやってはいけないことになってるんだ。迷惑かけたくないし、それがばれて先生から教えてもらえなくなったら僕も本当に困るからさ。それだけは内緒にしてた」

と金太郎は肩をすくめながら言った。

「それは賢明だな。ところでそのおじさんがまいちゃんをどこかに連れていったと思うのかい？」

金太郎は段ボール箱の中のシーツを直しながら大きく首を傾げた。

「それはどうかなあ？　あのおじさん、さほどまいちゃんに興味があったように見えなかったし。時々、近づいてきては僕と話をするだけさ。今思えば、まいちゃんの頭を撫でたり餌をやったりすることが一度もなかったよ。だからやっぱり関係ないのかも」

「そうか。そのおじさんはあまり犬好きではなさそうだ」

そうなればリストから外すべきか。霧村は少し失望した。手がかりゼロの振り出しからやり直しだ。

「でもまいちゃんはおじさんのことが好きだったみたい」

「そうなのか？」

「おじさんが近づくとすぐに飛びついて夢中になって臭いを嗅いでいたからさ。おじさんは犬の臭いがつくからって嫌がってた。いつもそのあと香水かな、小さな瓶のスプレーを振りかけてたよ」

金太郎が乳白色の歯を見せながらチラリと笑う。

「やっぱりそのおじさんは犬嫌いだったんだよ。だったら連れて行くことはないだろ」

霧村はペンとノートをポケットにしまう。おじさんが連れ去り犯の線は薄そうだ。

それから霧村は周辺の聞き込みを開始した。聞き込みは捜索の基本だ。公園で遊んでいる子供たち、その保護者、またベンチでくつろいでいる大学生やサラリーマンたちにも話を聞いた。

〔上野駅〕

「あのワンコロなら勝手に歩いて公園を出て行ったよ」

金太郎がいつも同じベンチに座っているという老婆が犬の向かった方を指さしながら言った。駒沢通りの方面だ。

「それっていつのことですか？」

「昨日の夕方くらいだねえ。あんたたちが帰った後だよ」

あんたたちというのは金太郎と塚本さんのことらしい。彼らも午後五時ごろまでまいちゃんを見ていたという。帰る際にはちゃんとまいちゃんを箱の中に入れて毛布を掛けておいたらしい。もちろん水も餌も近くに置いてあった。

「どこへ向かったんだろう？」

金太郎が不安そうな顔を向ける。まいちゃんにとってここは安住の地であったはずだ。段ボールの犬小屋は屋根もついていて雨風をしのげるし、暖かい毛布や水や食料もある。そして毎日のように金太郎たちが様子を見に来てくれる。目立たない場所だから他人の目にも触れにくいはずだ。犬の気持ちは窺い知れないが、どうしてまいちゃんはここを自ら離れようと思ったのか。とりあえず誰かに連れ去られたわけではないらしい。

「そういえばあんたたちが帰った後、帽子をかぶった中年が来たよ。坊やは知ってる人だろ」

「うん。名前までは知らないけどね」

帽子をかぶった中年といえば例のおじさんのことだ。ここでもまだしつこく登場する。

「おじさん、まいちゃんを見に来たのかな？」

「いや、そんな感じには見えなかったね。あんたに会いに来たんじゃないのかね」

老婆が言うにはまいちゃんを隠してある草むらの方をチラリと見て、誰もいないと知るや踵《きびす》を返すようにして公園から出ようとしたらしい。

「君に話ってなんだろう？」

霧村は疑問を挟んだ。

「多分、勉強のことだよ。あのおじさんは僕の学校や塾の勉強のことしか話さないから。でもなんでそんなことに興味を持つんだろう？」

金太郎が訝しげに首を傾げる。そのおじさんは一体何者だろうか。成績優秀者である金太郎の勉強方法を探っているように思える。金太郎が通っている塾のライバル校のスタッフがリサーチをしているのかもしれない。

「それでお婆さん、その中年男性はそのまま帰ったんですか？」

と霧村が尋ねると、老婆はイヤイヤをしながら、

「ワンコロがその男に飛びかかってきてペロペロ舐め出すもんだから困り果ててたよ」

と可笑しそうに笑った。

「やっぱりあのおじさん、犬が嫌いなんだ」

「臭いが嫌だって言ってたね。香水で臭いを消そうと思ったらしいが、小瓶が空っぽだったみたいでな。忌々《いまいま》しげに瓶をゴミ箱に投げ捨てて帰っていきよったわ」

そう言いながら老婆は今度はゴミ箱を指さした。

「だけど、どうしてまいちゃんはあのおじさんだけに懐くんだろうなあ。僕は結構時間がかかったのに。あのおじさんには初対面から嬉しそうに飛びかかっていったからね。最初はてっきり飼い主かと思ったくらいだよ」

金太郎が少し淋しそうな顔をした。その中年が飼い主という線もあり得るが、今のところは何とも言えない。わざわざ香水を振りかけるくらいだから犬嫌いであることを考えると、やはり飼い主ではない気がする。むしろ彼の興味は金太郎に向いているように思える。

「匂いじゃないかねえ」

老婆がぽつりとつぶやいた。

「匂い？」

「ああ。犬は鼻が利《き》くって言うだろ。だからあの中年の匂いに反応したんじゃないかねえ」

おじさんの匂い？　つまりそれって……。

霧村はそのまま公園隅に設置されたゴミ捨て箱に駆け寄った。中にはジュースの缶や瓶やコンビニ弁当の容器などが放り込まれている。霧村はその中に手を突っ込み一つ一つを外に取り除いた。生ゴミの腐った臭いが鼻孔を突く。我ながら手慣れたものだ。ゴミ漁りは探偵の重要な仕事の一つでもある。ゴミからは存外な情報が得られることが多い。

「霧村さん、何やってんの？」

金太郎が顔をしかめながら覗き込んできた。

「弁当の消費期限を見ろ」

霧村はコンビニ弁当の殻の一つを金太郎に見せた。原材料や製造元が記載されたシールが貼ってある。

「期限は昨日になっている。ということは昨日からこのゴミは回収されてないということだ。つまりそのおじさんが捨てた香水の小瓶はまだこの中に残ってる」

「まさか、それを探しているわけ？　そんなもん探して何の意味があるのさ？」

金太郎が真意を尋ねながらも霧村の手伝いを始める。

「まいちゃんは初めて会ったときからそのおじさんに飛びかかって行ったわけだろ。もしかしたらおじさんの匂いに反応したのかもしれない。そしてその匂いとはおじさんが愛用していた香水というわけだ」

「なるほど。そういえばあのおじさん、近づくとちょっと変わった匂いがしてたよ。きっとあれは香水だったんだ」

それから十五分ほどで目的のものが見つかった。それは目薬サイズの小さな茶色の瓶だった。瓶本体に対して細長い蓋が施されており、それがスプレーの噴射口にもなっている。蓋の先端を押し込むと噴射される構造である。しかし中身は空になっていた。蓋を開けて匂いを嗅いでみる。花と草の香りが混じったような、甘くそれでいて青臭い匂いだ。

「変わった香りだな」

霧村は小瓶に鼻を近づけて苦笑した。あまりいい香りとは思えない。

小瓶にはラベルがしてあって「anapaula」と記されている。

「アナパウラって読むのかな？」

「ラテン語で休息っていう意味があるらしいよ」

金太郎がスマートフォンの画面を眺めながら言った。今どきの小学生はこの程度のことは苦もなくこなせるらしい。思えば彼らが生まれたときにはすでに世の中のパソコンはネットでつながっていた。ケータイもネットもない霧村の子供時代とは違うのだ。

「製造元は『オドル』 静岡県伊東市《いとう》……。伊豆高原駅《いずこうげん》のすぐ近くだな」

見たところ「オドル」は大手ブランドメーカーではないようだ。個人もしくは零細のメーカーによる商品だろう。瓶もラベルもどことなく手作り感が漂う。

「伊豆高原？」

「ああ。ペンションや企業の保養所が集まっているところだよ。観光地さ」

「ここから遠いの？」

「静岡県だからな。電車で行ってあとはタクシーかな」

霧村と金太郎は外に広げたゴミをゴミ捨て箱に戻しながら話した。空になった香水の小瓶だけはポケットに入れる。

「そこにまいちゃんがいるのかな？」

「ここから何百キロあると思ってるんだ？　さすがにチワワの短い足では無理だよ」

そこに犬がいると思えないが何らかの手がかりがあるかもしれない。

「とりあえず今日はもう遅いから明日の朝に行ってみるよ」

「ええ？　霧村さん、行ってくれるの？」

「ああ。こういうことは行ってみなくちゃ分からないだろ。無駄足とか徒労を恐れては探偵なんて務まらないんだ」

そうやってクライアントが負担する経費が上乗せされていくのだが、今回は霧村の損金として直に跳ね返ってくる。

「僕も行くよ」

金太郎が身を乗り出して言った。

「行くって明日は学校があるだろ」

「学校なんてさぼっちゃえばいい。勉強は塚本さんで充分だから」

「それだけは絶対にダメだ」

霧村は首を強く横に振った。

「いいかい、学校というのは勉強だけを学ぶ所じゃないんだ。協調性や社会性などこれから君の人生で必要不可欠なことを教えてくれる。それが身につかなければどんなに勉強が出来ても未熟な大人になってしまう。だからサボるのはダメだ。分かったね」

「ちぇっ、ケチ」

金太郎が悔しそうに唇を尖らせる。

「拗ねるな。君は僕のクライアントだ。結果はちゃんと報告するよ。明日、同じ時間にここで会おう」

金太郎がつまらなそうに頷いた。

*

次の日。

霧村は伊豆高原駅を降りていた。改札を抜けるとちょっとしたホテルのロビーを思わせる吹き抜けのホールとなっており、趣向を凝らした売店や食事処が多数入居していて、行き帰りの観光客を楽しませている。外は瀟洒《しょうしゃ》な駅舎に囲まれた中庭《パティオ》になっており、カフェ風のテーブルが並び、温泉地だけあって足湯も設置されている。

霧村は腕時計を見た。午前九時半を回ったところだ。東京駅から新幹線こだま号に乗って熱海駅で乗り換えれば二時間もかからない。大きく深呼吸すると澄んだ空気の味と香りがする。東京の鼻腔に引っかかるような淀んだ空気とは明らかに違う。

それにしても交通費が往復で一万円だ。金太郎から受け取った報酬が三千円。この時点で早くも七千円の赤字か。来月の家賃の支払いも怪しいというのに俺はいったい何をやってるんだろう。

霧村はうっすらと青空が透けて見える雲を見上げながら鼻息を漏らした。

しかし金太郎にとって三千円は全財産である。それを犬一匹のために惜しみなくなげうった。その気持ちには何としてでも応えてやらねばと思う。そして霧村にとっても果たせなかった初仕事のリターンマッチだ。さらに霧村探偵社にとってのファイナルマッチとなる。

霧村は駅前で駐まっているタクシーに乗り込んだ。運転手に香水の小瓶のラベルを見せる。そこには製造元の住所が記されていた。運転手は一目見て頷くと車を発進させた。

やがてタクシーは街路樹が並び、石畳の歩道が併走する入り組んだ路地に入っていった。道の両側にはまるで南仏を思わせる小洒落た大小の建物が並んでいる。それらはイタリアンやフレンチのレストランだったり、ヨーロッパの小物やアクセサリーを扱うブティックだったり、企業の保養所や個人の別荘だったりする。

「ここですね」

そのうちタクシーはメルヘンに出てきそうなデザインの建物の前で停まった。代金を支払って車を降りるともみの木が植えてある前庭の奥に真っ白な玄関扉が見える。屋根は急勾配になっており煙突が立っている。オフホワイトに塗装した木を組み合わせた造りの外観が、素材の温もりや優しさを感じさせる。玄関扉には洒脱に崩したアルファベットの字体で「オドル」と刻まれている。その左上には小さな文字で「香水の製造・販売」と付け加えられていた。

玄関を抜けるとローズの香りが鼻腔をくすぐった。息を吸い込むたびに体がふわりと浮いたような気分になる。部屋は円状になっており、円周に沿って設えた棚に青や赤や黄色などカラフルな液体で満たされた小瓶が並んでいた。それぞれにラベルが貼り付けてあり、それらにはフランス語やラテン語と思われる音感のネームが書き込まれている。一歩進めるたびに他の香りが混ざって微妙に変化していく。

「いらっしゃいませ」

部屋の奥から現れた若い女性が霧村に声をかけてきた。三十代半ば、霧村と同年代くらいの女性だ。全体的に大作りで日本人離れしたくっきりと深い目鼻立ちをしている。目が合うと、彼女は口角を上げてほんのりと微笑んだ。シャツやズボン、帽子など数種の原色を取り合わせた奇抜なファッションはアーティスト、芸術家の雰囲気を漂わせている。

「プレゼントですか?」

彼女は髪をそっと指で撫でながら近づいてきた。ほのかにミントのような香りがする。

「え? そう見えますか?」

「違います? 一人で来られる男性は珍しいので」

女性は小さな顔をわずかに傾けながら言った。

「そうなんですか? 男性用の香水も置いてあるようですが」

霧村は男性用コーナーを指さして言った。

「そうなんですが、男性は大抵奥様とか恋人の方と一緒におみえになります」

「一緒についてきてくれる人がいればいいんですけどねえ。僕、独身なんです」

「い、いいえ、ごめんなさい。やだわ、私ったらすごい失礼なこと言っちゃってる」

女性は口元を手で覆いながら謝った。

「いいえ、気にしないでください」

部屋の真ん中には小さなテーブルが置いてあって、その上に名刺の束が載せられていた。そのうちの一枚を取り出すと「調香師　犬飼聖絵《いぬかいきよえ》」と記されていた。

「あなたが調香師の犬飼さんですか？」

「ええ。そうです。もう少ししたらバイトの女の子が出勤してくるんですけど。ここに置いてある商品の大半は私が調香しました」

犬飼は大きめの口から白い歯を覗かせながらにこやかに答えた。

「建物自体はそんなに新しいようには見えないけどここは長いの？」

霧村は室内を見回しながら尋ねた。清掃は行き届いているが壁や柱のひびや壁紙のにじみを見る限り、それなりに年季が入っているように思える。

「ええ。父の代からです。一年前、私が引き継ぎました」

「お父さんも調香師だった？」

「そうです。でも小さい頃、父の仕事がどうしても好きになれなかったんですよ」

彼女は胸の前で腕を組むと口をへの字にした。

「へえ、そりゃまたどうして？」

「父ったらじっと奥の部屋に閉じこもって、草木を煎じてみたり、怪しげな薬品を調合してみたり、その姿はまるで童話に出てくる魔法使いや錬金術師《れんきんじゅつし》みたいでした」

父親の姿を思い出したのか彼女はプッと噴き出した。

「部屋の方からはおかしな色をした煙は上がるし、嗅いだこともない怪しげな臭いが立ちこめてくるんです。時にはフェロモンだとか言って、捕まえてきた昆虫を煎じてたこともあるんですよ。そのうち友達が不気味がっちゃって家に寄りつかなくなりましたよ」

犬飼は片手を虚空《こくう》に放り出しながら言った。

「昆虫を？　そりゃ、無理もないね」

煎じているシーンを想像するとたしかに気味が悪い。

「でもやっぱり血は争えませんね。気がつけば私も調香の魅力に取り憑かれてしまったんです。私、高校生の時に病気で母親を亡くしてるんです。母は私にとって唯一の理解者で何でも相談できたんです。当時の私は母を失った悲しみで生活もままならなくなったのね。抜け殻のような毎日で、食事も摂らないし外にも出たくない、もちろん学校にも行かない。そんな日が続いたんです。そうしたら父親が『これは悲しみを和らげるから』って香水をくれたの。死んだような毎日を送る私のためにずっと調香してくれてたんです。父の言ったことは本当でした。間もなく私は立ち直れました」

笑顔を残しながらもその眼差しは誇らしげだった。

「へえ。香水にそんな力があるんだねえ」

「香りってパワーなんです。お医者さんの薬みたいに傷や風邪を治すことはできないけど、目に見えない悲しみや心の痛みを癒すことができます。他人の気持ちを惹くことも動かすことだってできるんですよ」

犬飼は奥の棚に置いてあるフォトフレームを指さした。

「父です。一年前に亡くなりましたけど」

写真には初老の男性が写っていた。ふっさりとした白髪で銀縁の丸メガネをかけている。彫りの深い顔立ちが古き良き時代のハリウッドスターの晩年を思わせる気品を漂わせていた。彼女のどことなく日本人離れした顔立ちは父親の血を受け継いだものだ。彼が工房に籠もって香水を調香する姿は絵になっただろう。フレーム枠に貼り付けてある小さなプレートには「犬飼聖二《せいじ》」と書き込まれている。

しかし霧村の目を真っ先に引いたのは父親ではなかった。

「こ、この犬は？」

〔上野駅〕

霧村はフォトフレームを取り上げると写真に顔を近づけて凝視した。

犬飼聖二は犬を抱いている。手のひらに載るような小さな犬だ。黒目勝ちな瞳がクリクリしている。明らかにチワワだった。光沢のある茶と白の毛並みが、金太郎の写真に写っていたまいちゃんと似ていた。

＊

夕方までには東京に戻っていた。

恵比寿公園に行くと、金太郎がベンチに腰掛けて熱心に参考書を読んでいた。遊具で遊んでいる子供たちは帰り支度を始めている。

「感心だな。待ち時間を惜しんで勉強か」

「うん。塚本先生が明日までにここを覚えてこいって言うからさ」

金太郎は眩しそうな顔で霧村を見上げた。今日もふっくらとした赤い頬にチョコレートクリームをつけている。今から糖尿病が心配になってしまう。この年齢からメタボ体形だ。

「先生はどうした？」

「もう帰っちゃったよ」

霧村は塚本という男性をまだ一度も見てないことに気づいた。もっともまいちゃん捜しにその必要はなさそうだが。

「敬明は合格できそうかい？」

「ぶっちゃけ自信があるよ。今から試験が楽しみだね」

金太郎はガッツポーズを見せた。

「それはそれは。頼もしいな」

金太郎は参考書をパタンと閉じると青いランドセルの中にしまい込んでベンチから立ち上がった。そして残りのチョコレートパンを口の中に放り込む。

「ほれでまいひゃんの居所は分かったの？」

彼は頬をパンパンに膨らませて尋ねてくる。きっと昨夜は気になってろくに眠れなかったのだろう。白目にじわりとした赤みが広がっている。

「今からそれを確かめに行くのさ。ついてきな」

霧村は公園の出口に向かって歩き出した。

「ちょ、ちょっと！」

金太郎が慌てて青いランドセルを背負いながらついてくる。公園を出るとそのまま歩道を南に進んだ。昨日ベンチに座っていた老婆がまいちゃんの最後の目撃者だ。まいちゃんは自分の足で公園を出て行ったという。その老婆が指さした方角に向かっている。

「霧村さん。行くってどこに行くのさ？」

霧村の歩幅に合わせて金太郎が小走りでついてくる。五百メートルも歩いただろうか。電柱のプレートには恵比寿南二丁目と記されている。スマートフォンを取り出してマップを表示させる。目的の場所は電柱の立つ角を曲がったところにあった。

「こんな所に……お墓？」

住宅街の一画に墓地が広がっていた。金太郎の自宅とは逆方向なので彼も初めて知ったようだ。近づいてみると入り口に「梅泉寺《ばいせんじ》霊園」とある。周囲はアルミの柵で中が見えないように覆われていたが、入り口の扉は開いており自由に出入りすることができるようになっている。

中は車数十台を駐めることができる駐車場ほどの広さで、大小様々な墓石が所狭しと敷き詰められていた。

「こんなお墓にまいちゃんがいるの？」

金太郎が不安そうに周囲を見渡す。しかしまいちゃんの姿は見当たらない。

「よし。手分けして犬飼さんのお墓を探すんだ」

「イヌカイ？」

「ああ。犬を飼うと書いて犬飼だ。まずはそれを見つけてくれ」

「分かった」

金太郎が理由も聞かずに駆けだしていった。一刻も早くまいちゃんに会いたいのだろう。霧村自身、まいちゃんが見つかる確信があるわけではない。

うまくいけばいいが……。

「霧村さん！　ここにあるよ！」

やがて金太郎が五列ほど離れたところから声をかけてきた。すぐに彼の立っている位置まで向かう。

「たしかにこれだ」

墓石には「犬飼家之墓」と刻まれていた。側面には犬飼聖二という男性の名前が刻まれていた。中台、上台の上に戒名が刻まれた棹石《さおいし》が載るという典型的な三段墓だった。左右二つに設けられた花立てには菊の花が供えられていた。花びらの鮮やかさからして、まだそれほど日が経ってなさそうだ。

「ああっ！　これ……」

金太郎が中台のへりを指さした。そこにはアナパウラの小瓶が置いてある。手にしてみると中は空っぽだった。

「何でこれがこんなところにあるんだろう?」

金太郎は小瓶を眺めながら首をひねっている。

霧村はポケットから紙袋を取り出した。中には真新しいアナパウラの瓶が六つも入っている。もちろん中身も入っている。今朝、「オドル」で置いてある分だけ買い占めた。そのうちいくつかを金太郎に手渡した。

「このお墓にはアナパウラを調香したおやじさんが眠ってるんだ」

霧村は瓶の蓋を外して中の液体を墓石に振りかけた。

「な、何をしてるの?」

金太郎が目を丸くする。

「供養だよ。調香師のおやじさんが奇跡を起こしてくれるかも知れないだろ」

「言ってることがよく分かんないけどさ」

金太郎も小瓶の蓋を開けて一緒になって振りかけた。花と草が混じったような、甘いようなそれでいて青臭い匂いが周囲に立ちこめた。爽やかな男性用香水とはまるで違う変わった匂いだ。少なくとも霧村は愛用しようとは思わない。やがて五本の小瓶は空になった。

「もう一瓶あるけどこれだけやれば充分だろう」

霧村は残り一瓶をポケットにしまった。

金太郎は空になった小瓶を墓石の中台にきれいに並べながら、

「クリスマスでもないのに奇跡は起こるかな?」

と心細そうに霧村を見上げた。

「起こるさ」

霧村は彼の肩を叩きながら力強く答えた。

「そうだよね」

二人は墓石に向かって手を合わせた。

＊

犬飼聖絵が香水が並んだ棚に立てかけてあるフォトフレームを霧村に差し出して、

「サツキです。五月に生まれたからサツキ。生前の父が我が子のように可愛がっていたんです」

〔上野駅〕

と写真に写った初老の男性が抱いているチワワを指して言った。フレーム枠のプレートには「犬飼聖二」と印字されている。彼が聖絵の父親だ。

霧村の胸がトクンと脈打つ。写真の日付を見ると約二年ほど前となっている。見た目からして生まれてまだ間もない。しかし顔立ちも毛並みも今のまいちゃんを思わせる。

「今は犬飼さんが飼っているのかな?」

「犬飼だからって犬を飼っているとは限らないわよ」

そう言って彼女は哀しげに笑った。

「父は体調を崩してしまって泣く泣く他の人に譲ってしまったの。私が面倒見たかったんだけど、当時の私はフランスで調香の修業をしていたから無理だったんです」

聖絵は高校生のときに母親を亡くしている。だからずっと父親と二人暮らしだった。他に面倒を見ることのできる家族がいなかったのだ。

「犬は誰の手に渡ったんですか?」

犬飼は「さあ」と肩をすくめた。

「父が知り合いの業者に手配したそうです。ちゃんと面倒を見てくれる人にあげてほしいって。でもどうなんですかね、ああいう業者って。お金さえ受け取れば相手なんて気にしないんじゃないかな。今ごろ、サツキはどこでどうしてるんでしょうねえ。優しい飼い主に恵まれて幸せにしているといいんですけど」

彼女がサツキの写真を指でなぞりながら言った。

「ところでこの香水なんだけど」

霧村は例の小瓶を取りだして犬飼に見せた。

「アナパウラね。父の作品です」

「これはお父さんが調香したもの?」

「ええ。父が特に力を入れていた香水なの。調合には十数年かかったって言ってたわ。自分では代表作のつもりだったみたいだけど、実際はあまり売れ行きが芳《かんば》しくないの」

彼女は微苦笑しながら男性用コーナーへ促した。そこの棚にはアナパウラの入った小瓶が何本か置いてある。

「香りが特殊なんですよ。マニアックというか、前衛的っていうか。いかにも芸術家肌の父がこだわった作品ですよ。分かる人に分かればいいっていう。変わり者の父でしたからね」

犬飼は外国人のように片方の眉をつり上げながら肩をすくめた。

「でもまったく売れないわけじゃないでしょ?」

「ええ。アナパウラの愛用者はいるにはいるわね。時々、ここを訪れてはまとめ買いしていく男性もいますよ」

「どんな男性なんです?」

「まずは私の父」

「は?」

「父自身が愛用していたの。だから売れなくてもよかったのね」

なるほど。そういうことか。

「他には」

「そういえばお医者さんが多いんですよ。何でもこの香水が一番、消毒の臭いが消せるってお客さんの一人が言っていたわ」

「消毒?」

「そう。お医者さんって仕事が終わっても体にまとわりついた消毒の臭いがしばらく残るんですって。気になる人には気になるそうよ。だからお医者さんたちの間で口コミで広まったみたい。病院に営業をかけたら売れるかもしれないですね」

それでは香水というより消臭剤ではないか。

ふと壁に掛けられているカレンダーが目にとまった。二日前の欄に赤文字で「命日」と書かれている。

「一昨日がお父さんの命日だったんだね」

「はい。一周忌ですから。その日はお店を閉めて父のお墓参りに行ってきました」

「お父さんも喜ばれますね。今では娘さんが立派に後を引き継いで守っていてくれる」

「そうだといいんですけどね」

と、彼女はまんざらでもなさそうに謙遜する。

「お酒が好きだった故人の墓石にはお酒をかけたりするでしょ。私の場合はやっぱり香水でした。父の墓石にたっぷりとアナパウラを振りかけてやったの。自分で調香して自分で愛用していたんですもの」

その墓参りが一昨日。そういえば、まいちゃんが恵比寿公園から姿を消した日だ。

「お墓はここから近いの？」

「いいえ。東京ですよ。菩提寺が恵比寿にあるんです」

「恵比寿！」

霧村の頭の中で静電気が弾けた。

「そ、それが何か？」

霧村の反応に犬飼が目を白黒させた。

写真の中で彼女の父親が抱いているチワワはまいちゃんではないのか。サツキは業者を通して他人の手に渡った。しかしその飼い主は無責任にも恵比寿公園に捨ててしまった。そのサツキをまいちゃんと名付けて今は金太郎が世話をしている。

霧村の頭の中でパズルのピースが一気にはまった。

「いやあ、偶然だなあ。実は僕も恵比寿に住んでいるんですよ」

霧村は出任せを言った。霧村のアパートは新大久保《しんおおくぼ》駅から徒歩五分の所にある。今の収入では恵比寿なんて夢のまた夢だ。

「そうなんですか？　じゃあ、梅泉寺って知ってます？」

犬飼が疑う様子もなく言った。

「梅泉寺？　はいはい、あそこの住職さんはとってもいい人ですよねえ」

梅泉寺なんて知らないし、住職なんて逢ったこともない。またも出任せだ。しかし目的はしっかりと果たせた。梅泉寺。霧村の知りたかった情報だ。

帰り際、霧村は置いてあるだけのアナパウラを買い占めた。

六本でしめて一万八千円。ますます大赤字だ。

＊

鳴き声がした。

犬の鳴き声だ。

墓石に向かって手を合わせていた霧村はゆっくりと目を開いた。そして奇跡が起こったことを確信した。

「まいちゃん！」

金太郎が駆けだしていく。墓石に挟まれた細い通路の向こうでチワワが霧村たちを見つめていた。白と茶色の長い毛並み、垂れ下がった片方の耳、黒真珠のような濡れそぼった大きな瞳。間違いなくまいちゃんだ。

「よかった、まいちゃん。無事でよかった！　心配したんだよ」

霧村はまいちゃんを抱きしめている金太郎にゆっくりと近づいた。青いランドセルを背負ったまま、彼は犬のフサフサとした体に丸い頬をすり寄せている。

「よかったな、ゴルゴ武田」

霧村は涙目になっている金太郎の肩を叩いた。最後の最後までゴルゴ13らしくない少年だ。

「ありがとう、霧村さん。やっぱり僕が見込んだだけのことはあるよ」

「見込んだ？　本当かよ。俺のどこを見込んだんだよ？」

「い、いや……。事務所が古いしボロいし、だから調査費用が安いかなあと思って」

金太郎が少し困ったような顔で、そのくせ正直に言った。

「悪かったな！」

大赤字まで出して捜してやったのにそれかよ。

とはいえ、まいちゃんの愛くるしい顔を眺めていると赤字のことなどどうでもよくなってしまう。初仕事のリターンマッチも果たすことができた。いい仕事ができたと思う。

「それにしてもどうしてここにまいちゃんが現れるって分かったの？」

金太郎はまいちゃんを抱いたまま尋ねてきた。霧村は伊豆高原の「オドル」での話を詳《つまび》らかに説明した。

「なるほど。まいちゃんは亡くなった飼い主の愛用していた香水の匂いを覚えていたんだね」

二日前、犬飼聖二の娘である聖絵がここに墓参りに訪れた。その際、父親の眠る墓石に彼の愛用していた香水「アナパウラ」を振りかけたのだ。その香りが恵比寿公園にまで届いた。もちろん人間には嗅ぎ分けることができないが、まいちゃんは犬である。犬は数キロ先の匂いを嗅ぎ分けるだけの嗅覚が備わっているという。自分を可愛がってくれた元の飼い主と同じ匂いを嗅ぎ取ったまいちゃんは、匂いの発生元へと向かった。それがこの梅泉寺霊園だったというわけだ。思えば恵比寿公園で金太郎に話しかけてくる帽子をかぶったおじさんもアナパウラを愛用していた。まいちゃんはその匂いに反応して彼に飛びついたのだ。

そして今度は霧村たちがアナパウラを振りかけた。再び同じ匂いを嗅ぎ分けたまいちゃんは、またここに戻ってきたというわけである。アナパウラはまいちゃんにとってもお気に入りの香りなのかもしれない。黒目がちの大きな瞳をキョロキョロさせてフサフサの尻尾を振りながら、墓石に向けた鼻を興奮気味にフガフガと鳴らしている。

「帽子のおじさんにも感謝しなくちゃね」

「ああ、そうだな。その人がまいちゃんを見つけるヒントをくれたんだ」

〔上野駅〕

彼が公園のゴミ入れに残したアナパウラの小瓶が手がかりとなった。あれがなかったらまいちゃんには行き着かなかっただろう。

「僕の方からお礼を言っておくよ」

霧村は「ああ」と頷いた。といっても帽子の男性も驚くに違いない。まさか自分の捨てた香水の小瓶がこんな形で解決の鍵になったとは思いも寄らないだろう。

「こらっ！　その犬はあんたらのか？」

突然、嗄《しゃが》れた男の声がした。

ふり返ると頭を丸めた老人が竹箒を片手に立っている。黄色の法衣の上に紫の袈《け》裟《さ》を纏《まと》っている。この寺の住職らしい。

「は、はい」

金太郎が恐る恐る肯定した。

「一昨日からその犬がうちの寺の境内に居座っておった。とんだ迷惑だったぞ！」

たった二日間のことなのに住職は青筋を立てて二人を睨め付けている。

「実は亡くなった犬飼聖二さんの愛犬なんですよ」

霧村はいきさつを簡単に説明した。住職は不機嫌そうな顔で聞いている。

「……というわけで、今では引き取り手がなくて困っているんです。まいちゃんとしても可愛がってもらった犬飼さんの近くにいたいと思うんですよ。新しい飼い主が見つかるまでこちらに置いてやっていただけませんか？」

と霧村は頭を下げた。金太郎もまいちゃんを抱いたまま霧村に倣う。

「だめ、だめ！　わしは犬が大嫌いなんだ！　さっさと連れて帰ってくれんか」

住職は片手を振って追い払う仕草をした。そして踵を返すとそのまま本堂の方に戻っていった。今朝、出任せで「あそこの住職はとってもいい人ですよねえ」と聖絵に言ったが全面的に撤回だ。この坊主は器が小さい、心が狭い、ついでにドケチだ。

「どうする？」

霧村は金太郎に問いかけた。

「いいよ。僕が何とかする」

「でも、うちでは飼えないんだろ」

霧村も何とかしてやりたいと思うが、あのボロアパートではとても無理だ。そもそもペットは大家が許さない。

「敬明中学に合格したら犬を飼ってもいいって父さんが約束してくれたんだ」

金太郎が愛おしそうにまいちゃんを見つめながら言った。

「そうか。そういえばそう言ってたな」

彼が敬明に合格すれば万事解決だ。しかしかなりの難関校でもある。全国でもトップクラスの学力が必要と聞く。いくら金太郎といえ確実とはいえないだろう。

「心配しないで、霧村さん。僕は必ず敬明に合格する」

彼は真っ直ぐな眼差しで霧村を見上げた。その瞳には強い決意が窺える。ゴルゴなんて完全に名前負けした、食いしん坊なだけの少年だと思っていたが、今は頼もしそうに見える。

「まいちゃんを僕の家族にするんだ」

霧村は彼の気持ちを受け止めて大きく頷いた。

少年が凛々しい顔つきでまいちゃんを撫でる。彼を見上げるまいちゃんの瞳は、王子の助けを信じて待ち続けるどこかの国のお姫様を思わせた。

霧村は握り拳に力を込めた。

試験日まであと一ヶ月を切っている。

金太郎ならきっとクリアできる。

そう確信した。

＊

武田金太郎が上野の霧村探偵社の最後のクライアントだった。

それから間もなく運転資金が底をつき、霧村は事務所を畳むことになる。

それでも霧村は金太郎の合格発表を楽しみにしていた。あれから二回ほど、恵比寿公園を覗いた。彼はまいちゃんの世話をしながらも参考書を読んでいた。その顔は真剣そのものだった。彼は本気でまいちゃんを家族にしようと難関に臨んでいるのだ。霧村は一度も声をかけなかった。彼の勉強の邪魔をしたくなかったのだ。

それから数ヶ月が経った。凍てつくような冬が終わり、季節は春を迎えていた。恵比寿公園も桜色で彩られていた。

結論を先に言えば、金太郎の名前は敬明中学の合格者名簿に載らなかった。もっと正確に言えば彼は受験することすらできなかったのだ。

忘れもしない二月五日の新聞の記事。

JR目白駅の山手線ホームで人身事故があった。プラットホームから落下した少年は列車に轢かれて命を落とした。その日は目白駅近くに住む祖父母の家に遊びに行った帰りだという。青いランドセルを背負った少年。記事には武田金太郎の名前が記されていた。小学校も学年も一致する。

　その記事を目にした霧村は椅子から転がり落ちた。呼吸が乱れてしばらく立ち上がることができなかった。気がつけば号泣していた。床に転がった状態で霧村は涙が涸れ果てるまで何時間も泣いた。

　再び立ち上がったとき、いつの間にか外は薄暗くなっていた。霧村の心象を反映したかのように冷たい小雨で煙っていた。

　次の日の新聞で続報が掲載されていた。

　目撃者によると少年は救助しようとする乗客の手を一度は摑んだが、自分からすぐに離してしまったという。現場を目撃した複数の人たちは口々に自殺ではないかと証言しているという。記事は中学受験勉強によるノイローゼを示唆《しさ》していた。

「そんなわきゃねえだろっ！」

　霧村は新聞を床にたたきつけた。

　自殺？　金太郎が？

　嘘だ。あり得ない。

　あの日、梅泉寺霊園で見せた彼の眼差しを思い出す。それは希望と信念に満ちあふれていた。そもそも彼は勉強が楽しくて楽しくて仕方ないといった様子だったのだ。塚本先生の指導によって成績はめざましく伸びて、それに伴い順位も上がっていった。彼は受験勉強に喜びと充実を感じていたはずだ。

そんな少年がノイローゼになるだろうか。いや、まいちゃんのためにも彼は勝ちにいくはずだ。先日、公園で見た金太郎の顔は死にに行くような気配を微塵も漂わせていなかった。むしろ一片の迷いもない澄んだ目をしていた。

そんな彼が受験はおろか自分の人生まで放棄するだろうか。

あり得ない！　絶対に自殺ではない。金太郎に何かが起こったのだ。

霧村はいてもたってもいられなくなった。その足で現場に向かった。

ＪＲ目白駅。山手線のホーム。

ここで一体何が起こったのか。

駅員にも乗客にも話を聞いた。しかし誰もがあれは自殺だったという。警察もそうやって処理しているようだ。金太郎の父親に至っては「敬明受験にこだわったのは自己満足のためで息子はその犠牲になった、私が息子を殺したも同然だ」と決めつけてふさぎ込んでいる。それ以上とても話ができる状態ではなかった。

霧村はどうしても信じられなかった。金太郎が志を放棄して自ら命を止めるはずがない。かといって殺人でもない。少年は自ら手を振りほどき救助を拒否したのだ。

〔上野駅〕

それは複数の乗客が目撃している。霧村も実際にその目撃者の一人から話を聞いた。彼もやはり自殺だと断言した。

真相を突き止める。俺が必ず突き止めてやる。

それから霧村は山手線に乗り続けた。根拠はない。ただ、事件の起きた山手線に乗っていれば何か手がかりが摑めるかもしれないという思いがあった。それは雲を摑むようなことだと分かっている。しかしそうせずにはいられなかった。一日五百万人が利用するこの電車のどこかに何かが隠されているような気がしたのだ。それは私立探偵の勘としかいいようのない、漠然とした確信だった。

その日から霧村は山手線探偵になった。

〔代々木駅《よよぎ》〕

〈……高田馬場駅《たかだのばば》にて人身事故が発生しており、安全確認のためただいま運転を見合わせております。ご乗車の皆様には大変ご迷惑をおかけしております〉

車内からうんざりしたようなざわめきが広がった。山手線を利用しているとよくあることだが、混雑している状態で遭遇すると辟易《へきえき》とする。五分ほど前からここ代々木駅で足止めを食らっている。シルクハットをかぶった燕尾服姿のオジサンは胸ポケットから懐中時計を取りだして時間を確認している。床には大きな黒革のカバンが置いてある。

あのオジサン、この前も見かけたことがあるなあ……。

数分おきに運行していて乗客の出入りが激しい山手線だけに、何度も顔を合わせる乗客というのもそうはいない。いたとしてもあまりの混雑ぶりに互いに気づかないだろう。しかしあれだけ目立つ格好をしていれば話は別だ。シホはしばらくシルクハットのオジサンを眺めていた。あの黒革のカバンの中には何が入っているのだろう。

「人身事故とかホントに勘弁してほしいよなあ。どんだけの乗客に迷惑がかかると思ってんだ」

シホの右隣に座っているミキミキさんは忌々しそうなため息をついた。

その左隣では霧村さんが腕を組んだまま険しい顔で考え事をしている。彼はここ数日、ずっとこんな感じだ。そんなわけでシホも声をかけづらい。電車が止まっていることをあまり気にしていない様子だった。もっとも彼の場合、ここがオフィスだから関係ない。

最近、また依頼が途切れているので苛《いら》ついているのだろうか。いや、彼はそういうことに対して危機感がないというか、無頓着で楽観的な性格のはずだ。むしろシホの方が霧村探偵社の行く末の心配をしてしまう。こんな状態がずっと続くようでは経営が成り立たない。助手のシホだってボランティアなのだ。

「そういえば、シホちゃんが雨の助手をするようになったいきさつってまだ聞いてなかったたね」

霧村さんとの初めての出会いを思い出す。あの日もやはり山手線の中だった。

「また別の機会にね」

詳細を話せば長くなるし、ピリピリした霧村さんの隣で話す気分になれない。その思いを汲み取ったのかミキミキさんは小さく頷いた。

「ところで、雨。あの鍵のことは分かったのかい？」

霧村さんのことを気遣ってか、ミキミキさんの呼びかけはいつもと違って控えめだった。停車中の車内には鬱屈とした空気が漂っている。先を急ぐ客たちはさっさと山手線を降りていった。東京は地方都市とは違って、幾通りかの経路を選べるので便利だとミキミキさんが言う。東京で生まれて東京で育ったシホにはそれが当たり前だと思っていた。

「ああ。やっぱりロッカールームのキーだった」

霧村さんが床を見つめたまま重苦しい声で答える。

「分かったの？」

シホも霧村さんの顔を見上げる。瞳はさらにぎらつきを増している。シホは思わず目線を逸らした。

「最初はどこかの駅のロッカーだろうと思っていたんだ。それで鍵のメーカーを割り出して問い合わせてみたんだが、この鍵が使われているロッカーはＪＲや私鉄の駅には設置されていないことが分かった。主に学校や会社、または体育館やプールなどのスポーツ施設向けに納入されているそうなんだ」

「じゃあ、大学ね」

倉内猛は大学生だ。しかし霧村さんは首を横に振った。

「確認したけど彼のロッカーの鍵とは合わなかった。さらに倉内のことを調べてみたら、アパート近くのスポーツジムで週二でバイトをしていたことを突き止めた。知人を装って出向いてみたら、そこのロッカーの鍵穴と見事に一致したというわけさ」

「で、中には何が入っていたの？」

シホは身を乗り出した。ミキミキさんも瞳に好奇の色を浮かべている。

「空っぽ……と思ったらそうではなかった。個室内部の天井にこれがガムテープで貼り付けてあった」

霧村さんはポケットから小さな物を取り出した。

「ＳＤカード？」

ＳＤカードは携帯電話やデジカメなど、主に携帯器機に使われる記憶媒体《メモリーカード》だ。カメラで撮りためた画像や、ネットからダウンロードした音楽データを保存するために使われる。

「デジタルムービーで撮影したものだろう。動画ファイルが入っていた」

そう言って霧村さんは唇を嚙みしめながら俯いた。両方の拳にはかなりの力が込められているようで指の関節が白くなっている。

「な、何が映っていたの？」

それが霧村さんにとって辛い映像であることは察しがついたが、聞かずにはいられなかった。ミキミキさんも彼を気づかうような神妙な顔を向けている。

「俺が山手線探偵になった原因だよ」

彼が苦しそうな顔で答える。瞳には仄《ほの》かに光るものが見えた。

「もしかしてそれって……」

シホには彼の言いたいことを察することができた。

霧村さんが山手線に乗り続けている、いや、山手線から離れられない理由《わけ》。それは謎を解くためだ。

武田金太郎は本当に自殺だったのか？

その謎は大きな錨《いかり》となって彼をここに縛り付けている。

「金太郎くんが映っていたのか？」

ミキミキさんが重い声で問い質す。

霧村さんは苦しそうに「ああ」と頷いた。

〔代々木駅〕

〈……ただいま安全確認の作業を続けておりますが、運転再開の目処はまだ立っておりません。皆様には大変ご迷惑をおかけしております〉

周囲からため息が漏れる。さらに乗客の幾人かが電車を降りていったので車内は閑散としている。痺れを切らしたのかシルクハットのオジサンも黒革のカバンを持ち上げると車内を一通り見回してから電車を降りていった。

「何が映っていたんだ？　やっぱり金太郎くんは自殺だったのか？」

ミキミキさんの問いかけには答えず、霧村さんはバッグからノートパソコンを取り出すと画面を開いた。

「これを見てくれ」

ファイルをクリックすると動画プレイヤーが立ち上がってプラットホームの映像が映し出された。倉内猛が撮影したものだろう。そこには数人の老若男女が電車待ちをしていた。ホームの雑音とともに、多少手ぶれがするが映像は鮮明だ。

〈ああ、つまんねえ絵だな〉

倉内だろう、撮影者の声も入っている。

「彼は映画製作のサークルに属していたんだ」

霧村さんは説明を挟んだ。

「この少年が金太郎くんだ」

霧村さんは青いランドセルを背負った少年を指さした。斜め横後ろから撮影されたものなので顔立ちははっきりと分からないが小太りな体形の少年だった。年齢はシホと同じくらいだろう。片手に食べかけの肉まんが見える。

「なんだかフラフラしてるね」

少年の頭は不安定に揺れている。足下もフラフラとしておぼつかない。

〈間もなく電車が到着します……危ないですから黄色い線までお下がりさい〉

画面から場内アナウンスが聞こえてきた。乗客たちがけだるそうにアナウンスに従う。しかし少年だけは黄色の線をはるかに越えてホームの縁までせり出している。

「受験勉強で寝てないんだろう」

と霧村さんが静かに言う。

顔は見えないがたしかにそんな感じだ。それもホームのギリギリの縁でユラユラと絶妙なバランスで揺れている。しかし周囲の客たちは気にも留めてない。

突然、カメラは少年にズームアップした。撮影者も少年に注目したようだ。少年は肉まんを持ったまま、安定を失ったヤジロベエのようによろめきを大きくしながらギリギリのところでバランスを保っている。シホは胸を押さえた。今にも落ちそうだ。なのに周囲の大人たちは誰も彼に声をかけようとしない。

〈落ちろ、落ちろ〉

撮影者のつぶやきが聞こえる。

「ちょ、ちょっ、何よこの人」

シホが画面に向かって声を尖らせたその時だった。

〈わっ！〉

映像に映っている客たちの声と彼らを眺めているシホたちの声が重なった。

画面の少年の姿が一瞬にして消えたのだ。

〈落ちた！〉

今の今まで誰も気にも留めてなかったくせに、周囲の客たちは一斉に少年の立っていた場所に集まる。離れたところからも集まってきているようで次々と人が画面を横切る。カメラもすぐに向かうが人混みに阻《はば》まれて、隙間からなんとか線路の方を覗いている状況だ。

ホームの下では少年が額を押さえながら立ち上がっていた。片手で押さえ込んだ頭を振りながら痛そうに顔をゆがめている。よほど食いしん坊なのか肉まんを手放さない。やがてぼんやりとカメラの方を向いた。いまだ状況を把握できていないようでうつろな目をさまよわせている。

それから間もなく少年の体が明るく照らし出された。彼は遠くの方を見る。その顔もギラギラとした光で真っ白になった。少年は片手を庇《ひさし》がわりにしながら眩しそうに目を細めた。

電車だ。電車が迫っているのだ。

画面の中の空気が一気に張り詰めた。中年の女性は両手で口を覆いながら固まっている。

〈おいっ！　摑まれっ！〉

突然、カメラがホームの縁に向いた。

ツバの広い帽子をかぶった男性がひざまづいた状態で少年に向かって手を伸ばしている。ベージュのズボンに焦げ茶色のブレザーを羽織っているが、アングルが斜め後ろ姿でさらに帽子をかぶっているので顔が見えない。しかしその声から中年だと思われる。

落下の衝撃から立ち直ってないのか、少年の表情はうつろなままだ。その顔も徐々に強さを増していく光に溶け込んで分かりづらくなっていく。周囲の客たちからも悲鳴のような声が上がる。一人の青年がホームから飛び降りようとするが、

〈早くするんだっ！〉

とそれを見た帽子の男性が声を大きくしてさらに身を乗り出したので動きを止めた。

男性の怒号に我に返ったのか、少年はおぼつかない足取りでホームに向かう。電車はすぐそこまで迫っている。やがて彼は男性の手を摑んだ。強烈な光に照らされて二人の姿は白いシルエットに見えた。

しかしその直後、少年は思いも寄らぬ行動に出た。いきなり男性の手を勢いよく振りほどいたのだ。それと同時に電車が滑り込んできた。

どうして？

どうしてなの？

シホは思わず目を固く閉じた。

耳をつんざくような警笛と一緒に何かが粉々に砕かれて引き裂かれるような鈍い音、そして少年の叫びが聞こえたような気がした。

ずっと息を止めていたようだ。シホは貪《むさぼ》るように呼吸をすると、背もたれに背中を預けながら閉じていた瞼《まぶた》を開いて天井を眺めた。鼓動が胸を激しく叩く。額を拭うと指先がぐっしょりと濡れていた。頭の中が痺れていて何も考えられない。

「雨っ！　シホちゃんに見せることないだろっ！」

ミキミキさんが霧村さんの肩に拳骨を強くぶつける。

「そ、そうだったな。すまん、シホ」

霧村さんは慌ててシホを覗き込んで申し訳なさそうな顔を見せた。あまり寝てないのか肌つやも良くないいし、無精髭も伸びている。今日の霧村さんはどこか憔悴しきったように覇気が抜けている。

「大丈夫よ。肝心なところは見なかったから。ちょっとびっくりしただけ」

数分もするとシホの呼吸も鼓動も整って精神状態も持ち直してきた。もし現場にいて直に目撃してしまったらとても立ち直れなかっただろう。

「もう一度見てもいい？」

シホは霧村さんに申し出た。

「もう、止めておけ。君の年齢ではショックが大きすぎる」

彼はパソコンをシホから遠ざけた。

「大丈夫。事故が起こる前のシーンを確認するだけだから」

「どうしてまた？」

霧村さんが眉をひそめながら言う。

〔代々木駅〕

「ちょっと気になることがあったの。それを確認したいだけよ」

「だ、だけど……」

「大丈夫だって言ってんでしょ」

躊躇する霧村さんからパソコンを取り上げると、再び同じ映像を最初から再生させた。事故前のこれといって代わり映えのない駅のホームの風景が映し出された。カメラのすぐ近くに焦げ茶色のブレザーが映った。立っている横の姿だったが近すぎて顔が映っていない。電車到着を告げる場内アナウンスが流れると、彼は少し前に進んだ。カメラから距離が離れていたので後ろ姿だったが、頭も画面に映るようになった。ツバの広い帽子をかぶっている。これが少年を助けようとした男性だ。後ろ姿なので何とも言えないが、頭の向きから少年の方を見ているように思える。

「これを見る限り、やっぱり金太郎くんは自殺だったんだね」

ミキミキさんが哀しげに言う。

「バカな。彼は自殺なんてするような子じゃない。心から受験勉強を楽しんでいたんだ。それにまいちゃんを家族に迎えるという確固たるモチベーションがある!」

霧村さんが詰め寄るような勢いで返す。

「だけど、映像を見る限り、やっぱり自殺だよ。どう見たって自分から手を振りほどいてる。それは間違いない」

「だったらどうして金太郎が死ぬんだよ。説明がつかないじゃないか」

霧村さんは尚も食い下がる。ミキミキさんは彼の肩にそっと手を置いた。そして諭すように、

「なにも動機は受験だけとは限らないんだ。本人のことは本人しか分からない。彼は君の知らない悩みを抱えていたかもしれないんだ。自分が知っている範疇《はんちゅう》だけで他人の内面のことまで決めつけるのは傲慢だと思う」

と言う。霧村さんは黙ってしまった。返す言葉が見つからないらしい。

「雨。前々から言おうと思っていたんだけど、君はもう山手線を降りるべきだ。金太郎くんのことでずっとここに縛り付けられている。おそらく開業資金が貯まっても、自分にとって納得のいく理由が見つかるまでここを離れるつもりがないんだろう。でも真実はひとつなんだ。世の中、君が納得いくような道理ばかりで動いているわけじゃない」

「そんなこと分かってる！」

霧村さんはミキミキさんを睨め付けた。しかしその眼差しは不安定に揺れている。

「いいや、分かってない。金太郎くんのことは本当に残念だが、君にとっては元ク

〔代々木駅〕

ライアントに過ぎないだろ。君はまいちゃんを見つけた。彼の依頼に対してきちんと探偵としての結果を出したんだ。それより先のことは君に関係がないはずだ。彼の自殺だって君が原因じゃない。それに君がどうこうしたところで避けられたことでもないんだ」

普段穏やかなミキミキさんにしては厳しい口調だった。それだけ友人のことを思いやっているのだ。

「だけど俺は信じない。金太郎は自殺なんかでは断じてない！」

霧村さんが自分の膝を拳で叩きながら訴えた。声が大きかったので周囲の乗客たちの注目を集めている。しかし二人とも気にしてないようだ。真剣な顔で睨み合っている。二人の視線はシホの頭上でぶつかっていた。

「だって可哀想じゃないか。金太郎は生きたいと思っていた。なのに自殺だからしょうがないよねと決めつけられて忘れられていくんだ。それがどれほど無念なことか……」

霧村さんの声は弱々しく震えていた。瞳がほんのりと赤くなっている。

「気持ちは分かる。だけどな……」

とミキミキさんが話を遮ろうとする。

「あたしは霧村さんに同感だな」

二人の間に挟まれて座っているシホは頭上でぶつかっている二人の視線に向かって言った。

「はい？」

ミキミキさんが眉をひそめながらシホの顔を覗き込む。霧村さんもきょとんとしていた。

「だから金太郎くんは自殺じゃないって言ってるのよ」

シホはノートパソコンの画面をパタンと閉めた。

「自殺じゃなければなんだというの？」

「殺人にきまってんじゃない」

ミキミキさんが椅子の上でズルッと腰を滑らせた。

「シ、シホちゃん、こっちは真面目な話をしてるんだよ」

「失礼ね。あたしだって大真面目よ。これが冗談だったら不謹慎にもほどがあるでしょ」

「何を根拠にそんなこと言うんだよ？」

「それよりミキミキさん。そのブローチなんだけど、どこで買ったの？」

シホはミキミキさんのジャケットの襟に安全ピンで留めてあるブローチを指さした。金色の棒状金属の先端に小さな時計が設えてある。シホも父親の誕生日プレゼントに考えていたブローチだ。

「銀座のアンティークショップだよ。ある女性からのプレゼントなんだ」

ミキミキさんは襟を持ち上げてブローチを見せつけながら言った。

「女性？　恋人なの？」

「ああ。もう別れちゃったけどね。彼女は僕のファンだった」

彼は表情をヘニャと緩ませた。

「自称作家にファンなんて存在するのか？　どうせお前の妄想だろ」

霧村さんが憎まれ口を叩く。シホが金太郎の自殺説を否定したからか、少し元気を取り戻したようだ。

「失礼な。自費出版とはいえ少なからず書店には並んだんだ。買って読んだ人だってちゃんと存在するさ。彼女はその一人だった。出版社経由でファンレターをもらい待ち合わせをしたんだ。お互いに一目惚れだった。そんな彼女が僕の誕生日にプレゼントしてくれたんだ」

「どうして別れちゃったの？」

「その後、彼女はああなっちゃったからだよ」

ミキミキさんは電車の中吊り広告を指さした。文芸誌の広告だ。表紙のきれいな女性がこちらを向いて微笑んでいる。

「嘘っ！」

シホは思わず目を丸くした。霧村さんも口をポカンと開けて広告を眺めている。

「お前の元カノって茶川賞作家の犬丸塔子かよ？」

ミキミキさんが「まあね」と首肯した。

「何が『まあね』だよ。なんでお前みたいな最底辺の自称作家が茶川賞作家とつき合えるんだよ。徹底的に釣り合わないだろ」

シホもこの女性のことは知っている。最近、テレビや雑誌などでよく目にするからだ。広告には「作家を愛して私は作家になりました」とキャッチコピーが打たれている。

「三年ほど前かな。つき合い始めた当時の彼女はただの読書好きの女性に過ぎなかった。ある日僕が『君も書いてごらん。楽しいよ』って勧めたら、次に会う日には短編小説を仕上げてきたんだ。初めてのわりに出来がよかったので『新人賞に応募してみたら』と勧めた。その作品がいきなり茶川賞の候補にノミネートされた。そして受賞したというわけさ」

シホと霧村さんのため息のハーモニー。なんというシンデレラストーリーだろう。反面、ミキミキさんのように情熱を向けながらも何年かかっても夢に届かない人たちがあふれている。大人の世界はやはり残酷だ。

「僕にもプライドがあるからさ。やっぱり別れたよ」

「『作家を愛して私は作家になりました』の作家ってミキミキさんのことなの？」

ミキミキさんが寂しそうに微笑む。

「お前、完全に踏み台だな」

霧村さんが意地悪そうににやけるとポケットからスプレー型の小瓶を取り出してミキミキさんに吹き付けた。

「な、なにするんだよっ！」

「これが噂のアナパウラだよ」

霧村さんが指先でつまんだ香水の小瓶を左右に揺らす。

「この匂いをまいちゃんが嗅ぎつけたのね。でもなんか変わった香り」

甘い匂いに草木のような青臭さが混じっている。爽やかとか甘美とは違う気がする。香水というより生薬の香りに近い。少なくともいい香りとはほど遠い。

「もぉ。変な匂いがついちゃったじゃないか」

ミキミキさんは迷惑そうな顔をして全身を払った。しかし匂いは取れない。霧村さんも子供っぽいいたずらをする。つい先ほどの緊迫はどこにいったのだろう。

「ところでこのブローチがどうしたの？」

ミキミキさんは手で洋服を払いながらシホにブローチを向けた。

「まずはそれを売ってるお店に連れて行ってちょうだい。話はそれからよ」

シホは声に自信を含ませた。

いよいよクライマックスだ。

〔代々木駅〕

〔有楽町《ゆうらくちょう》駅〕

三人は有楽町駅で降りた。代々木駅で足止めを食らっていたシホたちを乗せた山手線は、あれから二十分ほどで復旧した。

中央口を出ると東京交通会館と有楽町イトシアに囲まれた駅前広場は多くの人たちでごった返していた。銀座が近いこともあって他の駅に比べて女性たちのファッションもメイクも華やかだ。いかにも大人の街という感じがする。大きくなったらこんな街に似合う大人になりたいとシホは思った。

シホと霧村さんはミキミキさんの後について晴海《はるみ》通りを和光ビル方面に歩いて行く。銀座三越を少し越えた路地裏にその店はあった。看板には「アンティーク専門店スフェラ」とある。

「スフェラはギリシア語で宝玉という意味なんだ」

ミキミキさんは蘊蓄《うんちく》を傾けながら店の扉を開いた。ドアチャイムが心地よく響く。狭い店内にはアンティーク風の家具が並んでいる。その深味のある光沢は歴史を思わせる色艶がある。古風なランプから広がる柔らかな灯りはヨーロッパの歴史ある図書館のような風格を醸《かも》し出していた。

「いらっしゃいませ」

店の雰囲気によく合う上品な白髪の初老が店主らしい。以前父親と一緒に見た『ハスラー』という映画に出てくる白髪の俳優に似ている。いかにも素敵なおじ様という表現がぴったりくる男性だ。

「このブローチなんだけど、こちらで買ったものです」

ミキミキさんは店主に襟のブローチを見せた。

「ありがとうございます。ええ、覚えていますとも。茶川賞作家の犬丸様とご一緒でしたね。こちらに来店された時はまだ受賞前だったと記憶してますが」

シホは霧村さんと顔を見合わせた。どうやら有名作家との恋バナは本当のことらしい。まあ、ミキミキさんはイケメンだからモテるのは分かるけど、それにしても、だ。霧村さんが「格差カップルだな」とシホに耳打ちをした。

「これは私がフランスのマルセイユから買い付けたものです」

店主はブローチを見て嬉しそうに微笑む。

「このブローチはもう売ってないんですか？」

今度はシホが尋ねた。商品を一通り見回してみたが、同じブローチが見当たらない。

「四つしか入らなかったですからねえ。すぐに完売してしまいましたよ。お嬢様も欲しかったのですか？」

お嬢様⁉

「ええ。父の誕生日にプレゼントしたいと思いましたの」

ここは銀座だ。お上品にいかなくては。お嬢様なら尚更だ。

「ランドセルのお客様は初めてでございます」

店主は胸に手を置いて丁寧にお辞儀をした。まるでお姫様になったような気分だ。隣ではミキミキさんと霧村さんが笑いを噛み殺しているような顔をしている。なんだかバカにされているような気もしたが、銀座で醜態を晒したくないので無視した。

「すみませんねえ。代わりになるものがあれば良いのですが」

「ところで他の三つはどのようなお客さんが買っていかれたの？」

四つのうちの一つはもちろんミキミキさんだ。聞きたいのは残り三つの行方である。

「二人は女性ですね。ご主人へのプレゼントだと言っておられました。残り一つは男性の一人客でした。一目惚れされたようですぐにお買い求めされましたね」

「その男の人ってどんな方なの？」

「名前までは存じませんが、お医者様だとおっしゃっておりました」

突然、店主は何かに気づいたように鼻先をツンと上げた。そしてスッスッと鼻を鳴らす。

「この香り……思い出しました。そのお客様も同じ香水をされてましたよ。変わった香りなのでよく覚えてますとも」

「本当ですか！」

シホは店主に詰め寄った。彼は少し驚いたような顔を向けてはっきりと頷いた。

「アナパウラの香りよ」

先ほど、山手線の中で霧村さんがイタズラ心で香水をミキミキさんに振りかけた。その香りが店内に漂っている。

「そのお客様に変わった香りですねと言ったんです。そうしたら消毒の匂いを消してくれる香水なんだとおっしゃってました。これはお医者さん御用達の香水なんですね。ということはこちらの方もお医者様ですか？」

店主はミキミキさんに手を向けながら言った。

〔有楽町駅〕

「いいえ。そんな立派なもんじゃありません。しがない作家でございます」

作家と名乗ればみんな作家だ。無職の人たちも作家だと言っちゃえばいいのに。

「そのお医者さんが買っていったのはブローチだけなの？」

シホは店主を見上げながら尋ねた。

「そういえばボールペンも買って行かれましたね。息子さんへのプレゼントだとか」

「息子がいるんだ」

「ええ。ちょうどお嬢様くらいの年の息子さんがいるとおっしゃってましたよ。塾の成績が思わしくないみたいでお悩みのご様子でしたね」

上品な雰囲気を纏っている店主だが話し好きで口が軽い性格らしい。その方がシホにとっても都合がいい。

「難関校を狙っているのかしら」

「まあ、名門中の名門の敬明中学ですからねえ。息子さんも大変だと思いますよ」

「敬明中学！」

霧村さんが目を細める。

「あの、ご主人。そのお医者さんって……」

突然、霧村さんが男性の特徴のいくつかを並べた。すると店主が、

「ええ。もしかしてお知り合いの方ですか？」

と意外そうな顔をした。しかし、霧村さんはじっと考え込んだ顔つきになって何も答えなかった。

どうして彼はそのお医者さんの特徴を知っているんだろう？

「ブローチが入ったら連絡いたしますよ」

店主はシホにメモ用紙を手渡した。

「ええ、ありがとう。それではお願いしますわ」

シホは自宅の住所と電話番号をメモに書き留めて返した。そして礼を言って三人は店を出た。

＊＊＊＊＊＊＊＊

「なあ、シホ、そろそろ教えてくれ。どうしてお前はあの店に行き着いたんだ？」

彩り豊かなフルーツパフェを頬張るシホに霧村さんが声をかけてきた。店を出た三人は近くの喫茶店に入っていた。チェーン店でなく銀座の高い店でご馳走してく

れると思ったら、それを聞き出すのが目的だったようだ。

「さっきの動画を見せて」

シホはリンゴを囓《かじ》りながら霧村さんのバッグを指さした。彼はノートパソコンをテーブルの上に置いて画面を開いた。そして金太郎が山手線に轢かれるまでの動画を立ち上げた。

「いい？　注目すべき点は金太郎くんを助けようとした男性よ」

男性は焦げ茶色のジャケットを羽織っている。帽子をかぶっているし斜め後ろからのシーンが多いので顔が分からない。彼はホームから落下した金太郎に手をさしのべながら呼びかけている。金太郎は一度は彼の手を握るのに、その直後振りほどくようにして離した。同時に電車が滑り込んでくる。金太郎が手を振りほどかなければ間一髪とはいえ助かっていたはずだ。

「やっぱり金太郎くんは自分から手を離しているように見えるなあ」

ミキミキさんが彼の自殺説をほのめかす。たしかに金太郎だけに注目していればそうかもしれない。

「だから帽子の男性に注目してってば！」

シホはもう一度再生してみせた。大人二人は画面に見入ってる。その間にシホはパフェを平らげた。それでも彼らはまだ気づかない。どんだけ鈍いのよ!

「ねえ、パフェもう一個注文していい?」

画面に集中している霧村さんが「ああ」と答える。シホの問いかけなど上の空だ。ウェイトレスのお姉さんを呼んで遠慮なく注文した。一つ二千二百円。シホの月の小遣いより高い。やがて運ばれてきた二つ目を食べ終える頃、霧村さんが指を鳴らした。

「そうか! 俺としたことが迂闊《うかつ》だった。襟元のブローチを見落としてた」

「正解!」

シホは口笛でファンファーレを鳴らした。

「どういうこと?」

ミキミキさんは目を白黒させている。相変わらずミステリ作家とは思えない鈍感ぶりだ。

「ほら、これを見て」

映像の冒頭で帽子の男性はカメラマンである倉内猛のすぐ隣に立っている。焦げ茶色のジャケットの襟元で一瞬ではあるが金色が輝いた。そこで映像を一時停止させる。

「あっ！　僕のブローチだ」

それは棒状の先端に小さな時計を設えた、金色のブローチだった。静止画像を拡大させると安全ピンで襟に留めてあるのが分かる。

「少しだけ時間を進めるわよ」

シホは早送りボタンをクリックする。映像は慌ただしく動き回り、あっという間に男性が手をさしのべるシーンに飛んだ。

「男の人の襟元をよく見て」

ミキミキさんは画面を凝視した。斜め後ろからの撮影であるが、カメラも人混みの隙間から映しているので微妙に角度が変わる。一瞬だけ男性の襟元が映し出された。

「あれ？　ブローチが消えてる……」

シホが気づいたのもまさにそれだ。いつの間にか襟のブローチがなくなっている。

「でもさっぱり分からない。どうしてこれが金太郎くんの自殺説を否定する根拠になるんだ？」

ミキミキさんが首を傾げた。

「鈍いなあ、相変わらず」

シホは霧村さんと顔を合わせて笑った。どうやら彼も勘づいているようだ。いや、それどころかすべての謎を看破したような自信に満ちあふれた顔を向けている。しかしシホには分からない。この帽子をかぶった男性が誰なのか？　この男が金太郎を殺した犯人なのに。

〔有楽町駅〕

〔駒込《こまごめ》駅〕

次の日。

シホたち三人は駒込駅を降りていた。

シホとミキさんは黙って霧村さんの後ろをついて歩いている。彼はすべてを見通したような顔をして二人についてくるよう促したのだ。

「ねえ、霧村さん。どこまで分かっているの?」

シホは小走りで彼を追い抜いた。

「ここ最近起こった事件の謎の数々さ」

「はあ? 金太郎くんの自殺だけじゃなくて? もしかして痴漢冤罪スタッフ三人を殺した犯人とかも?」

「多分ね」

「多分?」

「だから今からそれを確認しに行くのさ。それとシホ、今回はお前のお手柄だ。探偵としての勘が鈍ったのかな。映像のブローチは俺も見落としていた。あれに気づかなかったら最後まで謎は謎で終わっていたよ」

霧村さんがシホの頭をそっと撫でた。

「くそ！　なあんにも分かってないのは僕だけかよ」

後ろでミキミキさんが子供のように拗ねている。そんな彼は未来永劫自称ミステリ作家から抜け出せないような気がする。

「どうやらここのようだ」

霧村さんはスマートフォンの画面を見ながら目の前のビルを指さした。三階建ての新しいビルだ。大理石だろうか、壁面はツルツルとした光沢があり、近づくと鏡のように顔が映る。

霧村さんは階段を使って二階に上がった。床は真っ白な石のタイルが敷き詰められていて、歩くとカツンカツンと音がする。前方はガラスの扉によって仕切られていて、中にはいくつか白いソファが並んでいる。カウンターには白衣姿の女性が立っていた。ガラスの扉には「シバキ整形外科」と洒脱なロゴでデザインされている。

「シバキ？」

聞いたことがある名前だ。そうだ。恭兵の名字が柴木だった。そういえば山手線で初めて会話をしたとき母親が代官山で皮膚科医院を、父親が駒込で整形外科医院を開業していると言っていた。つまりここは恭兵の父親が経営するクリニックということだ。医院はすでに受け付けを終了しているようでカウンターにはそれを伝えるプレートが置かれていた。

「あの、今日はもう受け付けを終了してましてまして……」

霧村が声をかけるとカウンターの白衣の女性が申し訳なさそうに答えた。

「いえ、先ほど院長先生にはアポを取ってあります。霧村といいます」

「あ、はい、すぐに確認してきますのでお待ちください」

女性がふり返ろうとすると治療室に通じる扉が開いて、中から白衣姿の長身の男性が現れた。口元は大きなマスクで覆われている。

「ああ、今日はもう帰っていいから」

男性は女性に促すと、彼女は頭を下げて外に出て行った。

「院長の柴木です」

男性がマスクを取りながら言った。

「先ほどご連絡させていただいた霧村と申します」

霧村さんは事前に連絡を入れていたらしい。シホもこの院長を一度だけ見たことがある。あれは痴漢騒ぎを目撃する直前、恵比寿駅だったろうか。彼は息子である恭兵を連れていった。恭兵は恵比寿駅で降りていったが、父親は乗ったままだった。その後どこに向かったのかは知らないが、この男性のことは覚えている。仕立ての良さそうな紺のブレザー。色白で長身で縁なしのメガネをかけている。

「私に何か重大なお話があるということですが」

柴木院長は何かを予感して覚悟しているような、強ばった表情を霧村さんに向けている。

「はい。まずはこれをご覧になってください」

霧村さんはバッグからパソコンを取り出して画面を開いた。そして例の動画を再生させる。その映像を見るやいなや、院長の顔は苦しそうに大きくゆがんだ。見る見る間に目が充血して顔が色を失った。やがてソファに崩れるように腰を落として、大きなため息を吐いた。

「ホームから落ちた金太郎くんに手を差し伸べる帽子をかぶった男性」

彼は画面を指さしながら、

「先生ですよね」

と言った。射貫くような鋭い目を院長に向けている。

霧村さんが銀座のアンティーク店で時計のブローチを買った男性客の特徴を言い

〔駒込駅〕

当てて店主を少しだけ驚かせた。シホもどうして霧村さんがそんなことを知っているのだろうと疑問に思ったのだ。そして霧村さんが挙げた特徴のすべてがこの院長に当てはまっている。

院長はしばらく考え込むようにして黙っていたが、やがて「はい」と小さな声で認めた。

「ねえ、どうして映像の男性が先生だと分かったの？」

彼の反応を見たとき、シホも何となくそう思ったが、霧村さんに近づいて小声で尋ねた。

長身で色白でメガネをしているところは共通している。しかし帽子とカメラアングルの関係で顔がはっきりと映っているわけではない。なのになぜこの男性が柴木院長だと断定できるのか。

「痴漢騒動の直前。恵比寿駅で恭兵くんと先生を見かけただろ」

シホは頷いた。さすがは探偵の観察力だけあって、同じ車輛に柴木親子が乗っていたことを覚えていた。

「その時、匂ったんだ。あれは間違いなくアナパウラの香りだった」

シホは当時のことを思い浮かべた。そうだ。霧村さんは何度も鼻を啜っていた。

そんな彼を見て風邪を引いたのかと思ったが、車内に漂うアナパウラの匂いを嗅いでいたのだ。

「車内は混雑していたから誰がアナパウラをつけているか分からなかった。しかし数メートル以内に立つ人間なのは間違いない。そうなれば十人程度に絞られる。アナパウラは消毒の臭いを消す効果があるので医療関係者に愛用者が多いと製造元の女主人から聞いた。恭兵くんのお父さんは医者だ。僕から三メートルほど離れた位置に恭兵くんと一緒に立っていた。アナパウラをつけていたのは先生だと考えて間違いない」

あの時、恭兵がこちらをじっと見つめていたので、シホは彼に気を奪われて父親のことも匂いのこともさほど気にしていなかった。霧村さんはまいちゃん捜しでアナパウラの香りを知っている。だから車内での匂いにあそこまで反応したのだろう。

「さらにアンティーク屋の店主がこのブローチを買い求めた男性は医者で、彼からアナパウラの匂いがしたと言っている。映像の男性は襟にブローチをつけている。昨日、シホたちと別れてからもう一度、スフェラに立ち寄ったんだ」

「また行ったの?」

「映像の男性がつけているブローチ。四つ仕入れたうちの一つはミキミキが持っている。二つは女性が買っていった。ご主人へのプレゼントだそうだ。しかしその女性は二人ともかなりの年配だったという。おそらくそのご主人もそれなりの高齢だろう。しかし映像の男性はどう見ても三十代から四十代といったところだ。そうなると残り一つを買った男性の一人客が映像の男性と考えて間違いない。客は医者でアナパウラを愛用していて、細身で長身で色白、メガネをかけている」

霧村さんは一枚の写真を差し出した。そこには柴木院長が写っている。

「柴木整形外科のホームページに使われている先生の写真をプリントアウトしたものです。これをスフェラの店主に見せました。もちろん顧客情報をそのままでは教えてもらえません。だから僕は学部は違うけど先生の大学の同期だと嘘をつきました。そうしたら店主は先生によろしく伝えてくれと言ってましたよ」

つまりブローチを買った男性の一人客は柴木院長だったということだ。必然的にそのブローチをつけている映像の男性も彼ということになる。

「たしかにこの映像に映っているのは僕だが、金太郎くんは自殺だったんだ。僕は助けようとした。しかし彼の方から手を振りほどいたんだ。目撃者も多数いるし新聞にもそう出ている」

院長は顔を上げて強い口調で霧村さんに訴えた。しかし瞳は小刻みに揺れている。

色白の顔は青白くなっている。

「どうして先生はあの場からすぐに立ち去ったんです？　警察も先生の証言が必要だったでしょうに」

「それは申し訳ないと思ってる。単に面倒に巻き込まれたくなかっただけなんだ」

彼は霧村さんから視線を逸らしたまま答えた。

「そうじゃないでしょう。先生は金太郎くんが自殺でなかったことを知ってるからです」

霧村はドラマに出てくる名探偵のように人差し指を突きつけた。

「な、何を根拠に？」

院長は声を絞り出すようにして聞き返しながら顔を上げた。いつの間にか額はぐっしょりと濡れていた。室内はさほど暑くもない。頬と瞼が小刻みに痙攣《けいれん》している。

「ブローチよ」

霧村の代わりにシホが答えた。

「金太郎くんがホームから落ちる前、先生の襟に例のブローチがついてたわ。だけどほら、先生が手をさしのべる時には襟からなくなっている」

シホは映像を早送りさせながら院長に確認させた。

「どこかに落ちたんだろう」

「そうじゃないでしょ。霧村さん、手元を拡大して」

「オーケー」

霧村さんは院長が手を差し伸べた状態で一時停止させて、その手元を画面一杯に拡大させた。倉内が残した映像は高解像度なので拡大させても鮮明に映っている。

「先生は手にブローチを隠し持っていた。安全ピンを広げた状態でね」

拡大させた画像では差し出した右手の指と指の隙間から金色の金属が見え隠れしている。コマ送りすると安全ピンが開いているのが見て取れる。院長の口元や頬に引きつったような皺が広がった。

「その状態で金太郎くんの手を握った。当然、安全ピンが彼の手のひらに突き刺さるわ。だから金太郎くんは反射的に手を振りほどいたのよ」

柴木院長はがっくりとうなだれた。握りしめた両手の拳も両腿も小刻みに震えている。呼吸が荒くなり、肩が上下していた。

「それを知った人間が一人だけいた。先生は彼から脅迫を受けていた。おそらく金銭を要求されたのでしょう。だから彼も殺した。違いますか？」

霧村さんが尚も畳みかける。シホとミキミキさんは互いに目を合わせた。そこまでは思いも寄らなかった。この映像を撮影したのは倉内猛だ。そうか、彼もブローチとその手口に気づいたのだ。それを使って柴木院長を脅迫した。

「どうしてそんなことまで分かるんだ？」

院長は意外なものを見るように目を見張った。

「痴漢騒ぎがあったあの日、先生は野次馬の中にいましたよね。そしてポーステ3Dを持ってました。先生が恭兵くんと別れたあと、電車の中でいじっている姿を見たんです」

さすがは霧村さん、すごい観察力だ。視界に入った出来事をすべて記憶している。とはいえ映像のブローチを見落としていたのは彼らしくない失態だ。もっとも彼も人間だ。完璧ではない。

それにしてもあの場に院長がいたのか。さすがに野次馬全員の顔までは覚えてない。シホが覚えている院長の姿は息子の恭兵と別れる恵比寿駅までだ。その後は冤罪騒ぎに注意を引かれてしまい、院長のことなど頭から消えていた。彼はあの後も同じ車輛に乗っていて大塚駅で降りて、野次馬の中に紛れ込んでいたのだ。

院長はしばらく沈黙を通していたが、観念したのかゆっくりと口を開いた。

「痴漢騒ぎが起こる直前でした。私はトランプゲームが好きでして、いつもポーステを持ち歩いて電車の待ち時間などで遊んでいるんです。通信圏内にポーステを持っている人がいれば、互いに連絡を取り合って対戦ができるんです。電車の中にはポーステを持っている人が何人かいました。私は『ポーカーゲームしませんか』とメッセージを送ったんです。そうすれば通信圏内のポーステに届くようになってます」

ポーステのケータイやスマートフォンのように通信会社を通さず、本体同士が電波のやりとりをダイレクトに行う。タイムラグが生じない分、通信圏内はせいぜい十数メートルといわれている。

「そうしたら一通だけメッセージが戻って来ました。私宛なので私のポーステしか受信できません。てっきり対戦受諾のメッセージだと思ったんですが、違いました」

「それが脅迫状だった」

霧村さんが先読みすると院長は苦々しく頷いた。

「そのメッセージにもブローチの手口のことが書いてありました。証拠もあると。近いうちに連絡するから三千万円用意しろ、と書かれてありました。私は慌てて周囲を見渡しました。しかしポーステを持っている人は車内だけでも十人近くいたし、電波は隣の車輛までは届くはずです。その場で送信者を特定することができなかった。でも手がかりがあったんです」

「手がかり?」

「はい。メッセージと一緒に男性の顔写真が送られて来ました」

ポーステ3Dはメッセージ機能はテキストだけでなく画像もおくることができる。

「知っている顔ですか?」

「いいえ。知らない男性です。しかしそれからしばらくして車内に写真の男性を見つけたんです。彼が脅迫者かもしれない、そう思って私はじっと観察してました。するとポーステの画面を眺めたままの男女が彼の近くに集まってきたんです。彼らは一斉に画面を畳むとポーステをバッグの中に入れました。まるで申し合わせたかのように見えて変だなと思ったんですよ。やがてそのうちの一人、若い女性が男性の手を摑んで痴漢だと騒ぎ始めたのです。しかし私はずっと彼を観察してたんです。彼は女性を触ってなかった。嵌《は》められたな、と思いましたよ。何かの雑誌で読んだことがあります。陥れ屋のことです。被害者の女性も目撃者の三人もグルなんだと直感しました」

院長も当日、野次馬に紛れながら霧村と同じ推理をしていたようだ。

〔駒込駅〕

つまり院長のポーステに送られてきた写真の男性は若林だ。彼はＩＴベンチャー企業の社長である。あの痴漢騒動も彼を陥れるための罠だった。おそらく若林の失脚を目論んだ人間が陥れ屋に依頼したのだろうというのが霧村さんの推理だ。

「あの四人はポーステのメッセージ機能を使って連絡を取り合っていた。おそらく四人は顔を合わせたことが一度もない。雑誌にも陥れ屋の手口が書かれてましたが、スタッフはまったく面識のない人間で固めるそうです。それなら警察からも疑われない。彼らはターゲットの顔写真のやり取りもしていたはずです。そこで気がつきました。この顔写真は間違って添付されたのではないかと。送信者はあの中の四人で、陥れ屋の仕事のために乗り込んだ山手線で偶然にも私を見かけた。そして慌てて私に脅迫状を送りつけた。ポーステは発売されて間もない機種です。だから送信者は操作に不慣れだった。それで脅迫状にターゲットの顔写真を添付してしまうというミスをしてしまった。脅迫者はミスしたことも気づかなかったかもしれません」

「つまり脅迫者は被害者役と目撃者役を演じた四人に絞られた、というわけですね」

院長は「はい」と頷いた。

「四人の名前と住所は簡単に分かりました。彼らは警官に口頭で報告してましたからね。私は野次馬のふりをして彼らに近づき、名前と住所をしっかりと頭に焼き付けました。そして次の日。脅迫状が今度はこの医院に届きました。脅迫者はあの騒ぎのあと、私を尾行して素性を突き止めたんでしょう」

「対してあなたの方は脅迫者の特定ができなかった。だから手っ取り早く四人全員の抹殺を考えた」

シホは背筋がうっすらと寒くなった。合理的とはいえなんて安直な殺意なのだろう。そんなことを実行する人間が普通の生活に溶け込んでいるということが怖い。

「真実が発覚すればすべてを失う。私だけではない。妻も息子たちも未来を失うことになる。私は本当に弱い人間です。心底怖かった。それだけは受け入れられなかった。だから心を殺したんです。鬼になるしかなかった。医者である以前に人間であることを捨てました」

院長は沼のようにドロリとした瞳を向けた。そこには光も温もりも宿ってなかった。

「一人目と二人目を殺し、三人目が脅迫者であることを突き止めた。だから四人目、松宮葉子は狙わなかった。そうですね？」

〔駒込駅〕

フルフェイスのヘルメットをかぶったバイクの男が松宮のマンションを眺めているところをあけぼのさんが目撃している。その男が院長だろう。彼は計画を実行する前に四人全員の住居を確認していたのだ。しかし脅迫者を特定して抹殺したことで松宮を襲う必要がなくなった。

「倉内猛はその日、泥酔してました。私はそっと彼の背後に近づいた。私に気づいた彼は慌てて逃げ出しました。歩道橋の上で逃げられないと観念したのか、脅迫を認めて命乞いしました」

「なのに殺したんですか？」

院長は首を大きく左右に振って否定した。

「違う！　隙を見て逃げだそうとした彼は足を滑らせて階段を転げ落ちたんです。断じて私が突き落としたんじゃない！　これだけは信じてほしい」

縋るような視線を三人にさまよわせる。シホには嘘をついているようには見えなかった。当時は雨で路面が濡れて滑りやすくなっていたという。霧村さんも了解をするように小さく頷いた。

「そのあと、彼のポケットからアパートの鍵を奪って侵入したんですね。証拠をつぶすために」

「ええ。彼は証拠がどんなものか明らかにしなかったので、パソコンやビデオカメラ、USBメモリなどめぼしい物はすべて回収しました」

倉内の部屋は物色されたあとのように荒らされていた。やはり犯人が侵入していたのだ。しかし彼は緑のジャケットの襟の後ろに隠された小さな鍵に気づかなかった。倉内は証拠となる映像が収められたSDカードを、バイト先にあるスポーツジムのコインロッカーの中の天井に張り付けて隠したのだ。

シホは大きく息を吐いた。気づかないうちに息を止めて二人の会話に聞き入っていたようだ。ミキミキさんも同じようで肩で息をしながらハンカチで額を拭っている。

この男は金太郎くんを轢死に追いやっただけでなく、自分の罪を隠蔽《いんぺい》するために三人の命を奪ったのだ。シホの脳裏に恭兵の顔が浮かんだ。彼はこの現実をどう受け止めるだろうか。いけ好かない少年だと思ったが、今は気の毒で胸が痛くなるほどだ。

「先生はまいちゃんを知ってますね？」

「チワワですか。恵比寿公園で金太郎くんが可愛がってました」

院長は一年前の出来事を思い浮かべるかのように虚空を見上げた。そうか。霧村さんから聞いた金太郎の話に出てくる帽子のおじさんが柴木院長だ。おじさんはアナパウラを愛用していた。彼は公園でまいちゃんの面倒を見る金太郎と受験勉強に関する話をしていたという。

「そんな金太郎くんをどうして殺したのよっ！」

殺された金太郎くんのこと、彼の死で心を痛めている霧村さんや塚本さんのこと、そして過酷な現実を受け止めなければならない恭兵のことを思うと、詰め寄らずにはいられなかった。

「魔が差したんだ」

院長は頬を震わせながら答えた。生気の乏《とぼ》しい瞳から涙がこぼれていた。

「金太郎くんの父親、武田信明《たけだのぶあき》は敬明時代の同期だった。クラスメートで同じテニス部に属していました。私にとって彼はずっとライバルだったんです。しかしどんなに努力しても勉強もテニスも彼には勝てない。おかげで私はいつも二番手だった。医学部に進んでもそうです。同じ医局に入ったんだが知識も技術も追いつけない。私の前には常に彼が走っている。当時、私が恋心を抱いていた女性を射止めたのも信明です。彼の存在が私の青春を歯がゆいものにさせていた。やがて彼はライバルから私自身のコンプレックスになっていったんです」

まるでそれは恭兵と舘くんとの関係みたいだ。歴史はくり返されるって担任が言っていたけどこういうことなのだろうか。

「なるほど。金太郎くんがあなたのことをどこかで見たことがあると言っていたけど、彼は父親の医局時代のアルバムか何かを見たことがあって記憶に引っかかっていたんですね」

と霧村さんが得心する。

「私には子供が二人います。上の卓也《たくや》が金太郎くんと同学年だった。二人は同じ塾に通っていました。せめて息子には負けてほしくないと願っていた。最初は卓也の方が圧倒的に成績が上だったんです。それが突然、金太郎くんの成績が急激に伸びてきた。私は焦りました。卓也には私のようになってほしくなかった。信明に二代にわたって敗北するのはどうしても我慢できなかった。私は息子に発破をかけました。一日中勉強漬けにさせました。卓也も私の期待に応えようと必死だった。私の方は、恵比寿公園で犬の世話をする金太郎くんに近づいてそれとなく探りを入れました。どんな参考書を使っているのか、家庭教師をつけていないのか。しかしめぼしい情報を得ることができませんでした。やがて金太郎くんは卓也を追い越し、そして突き放していった。息子はショックで勉強が手につかなくなってしまった。精神的に不安定になり引きこもるようになってしまったんです」

院長は目元を拭って話を続けた。なんと恭兵だけでなく兄の方まで父親と似た境遇だ。二番手に甘んじるのは血筋らしい。シホはそんな兄弟が気の毒に思えてきた。

「ある日、駅のホームで電車を待っていると前方に金太郎くんが立っていたんです。声をかけようかと思ったが、彼はふらついていて足下がおぼつかない。受験勉強の疲れでしょう、うつらうつらしていました。危ないなと思いつつ、しばらく眺めていたらホームから落ちてしまったんです」

彼は顔を上げると訴えるような真剣な目つきで霧村さんを見た。

「本当に助けなきゃと思ったんです！　その時の私はまだ医者だったんだ。体が勝手に動いてホームの前方に向かっていた。眼下では金太郎くんが起き上がろうとしている。電車が近づいてくる。だけど今ならまだ間に合う。青年が助けに行こうとしてもいた。でもその時、私の中の悪魔が囁いたんです。ここで彼が死ねば卓也が、いや私自身が救われる。再び信明に負けずに済む。胸の中を掻きむしられるような嫉妬や敗北感から解放される。気がつけば私はブローチを手のひらに忍ばせていた。安全ピンは開いたままです。他の誰かが引き上げれば金太郎くんは助かってしまう。そうはさせてなるものか。私は彼に手を差し伸べた。そして彼の手を強く握りしめた」

　院長は言葉を切って唇をぎゅっと嚙みしめた。先ほどまで青ざめていた顔は今や真っ赤になって額には血管が浮き上がっている。自分自身を怒り、哀しみ、嘆《なげ》いているのだ。

「敬明に進ませるのは卓也のためだと思っていたけど、それは違いました。あくまでも私の自己満足のためだったんです。妻にはそれが分かっていた。だから私の教育方針に反対だったんです。学力よりも人間性を伸ばしてやろうと訴えました。だから私の教育方針に反対だったんです。しかし私は耳を貸さなかった。どうしても信明だけには負けたくなかったんです。その思いを卓也に押しつけてしまった。すべては私のエゴが引き起こしたことです」

　卓也くんは引きこもりからは立ち直ったものの受験には失敗して、今は公立の中学に通っているという。友達にも恵まれて楽しい学校生活を送っているようだ。

「恭兵くんにも同じ道を歩ませるつもりですか？」

　今度はミキミキさんが聞いた。彼はいつになく厳しい目で院長を見つめている。

「いいえ。もうお受験はコリゴリでした。だから恭兵にはのびのびと育ってほしかった。卓也は私の犠牲者です、せめて恭兵には兄のようにさせたくない。それよりもいつ、金太郎くんのことで警察がやってくるんじゃないかと気が気でなかった。

〔駒込駅〕

だから精神的に恭兵の教育どころではなかったというのが本音です。しかし恭兵は自ら受験競争に身を投じていったんです。敬明で一番になって官僚のトップになるといつも言ってました。兄の卓也をダメにした私を憎んでいたんでしょうね。あいつは兄思いな子でしたから。父親を越えて見下すことがあいつなりの仇討《あだう》ちなのでしょう」

シホは胸を押さえた。恭兵は恭兵なりに苦しんでいたのだ。父親を見下すために勉強に励むことが正しいこととは思わないけど、決して卑しい選民意識や過剰な自意識の表れというわけでもなかった。彼にとって好きだったお兄ちゃんの仇討ちだったのだ。そんな恭兵にわずかとはいえ頼もしさを覚えた。

そして舘ひろやくんには恭兵に対して良きライバルでいてほしいと思った。

〔新宿駅《しんじゅく》〕

「今、どこを走っているのよ」

新宿駅山手線内回り（渋谷・品川方面）のホームでシホはケータイを耳に当てている。ほんの一分前に乗客を乗せた電車が走り去ったホームは閑散としていたのに、もうシホの後ろには行列ができている。すぐ背後には背の高いシルクハットをかぶった燕尾服姿の中年男性が立っている。手にはレトロなデザインの大きな黒革のカバンを提げていた。歴史の教科書に出てくる戦国武将のようないかめしい髭をたくわえて、文化財にもなっている旧なんとか邸の当主を思わせる風格と威厳を感じさせるが、時代錯誤な姿は周りの風景にまるでなじんでない。

なんなの、このオジサン？　前も何度か車内で見かけたわ。時代劇か何かの俳優さんかしら？

〈今、新大久保駅を出たところだ。すぐに着く〉

ケータイの向こうから霧村さんの声が返ってくる。新大久保駅の次がここ新宿駅である。

「じゃあ、次の電車に乗っているのね」

〈ああ。お前に言われた通り前から五両目だ〉

「了解」

シホはケータイの通話を切った。霧村さんとはこうやって連絡を取り合いながら山手線の中で待ち合わせる。山手線は霧村探偵社の事務所であり、シホは優秀な助手であり広報担当なのだ。

二分も待つと電車が滑り込んできた。シホは前から五両目の位置に立っている。扉が開くと人混みの塊が車中から吐き出された。一時的に閑散とした車内の向かいの席に霧村さんとミキミキさんが腰掛けている。ミキミキさんが手を上げながら微笑みかけた。吐き出された以上の人混みが車内に吸い込まれて、人口密度が尋常ではなくなる。持っている手提げ袋を放しても床に落ちないほどの密着度合いだ。人混みの隙間から先ほどのシルクハットが見えた。

「席をお譲りしますよ、お姫さん」

とミキミキさんが立ち上がり席を空けてくれた。

「ありがとう」

と霧村さんの隣に腰を下ろす。

「お客さんは？」

シホは彼に声をかける。

「相変わらずさ」

と、彼は首を横に振って苦笑した。今日も顧客がつかなかったようだ。シホも毎日のようにツイッターや掲示板にコメントを書き込んでは山手線探偵の都市伝説を広めている。ネット上での反響はあるようだが、顧客獲得に結びつかない。無理もない。霧村さんがいつどの車輛に乗っているかなんて知りようがないし、そもそも彼は探偵に見えないのだ。だからせめて乗る車輛だけは決めようと提案した。それが「前から五両目」である。次はどうやって顧客が霧村さんを特定できるようにするか。赤い帽子をかぶっているとかレモンを持っているとか、テディベアのぬいぐるみを抱いているとか。目下思案中である。

「シホちゃん、見てよ。すごい作品が書けたんだ」

ミキミキさんがバッグから原稿を取り出すとシホに差し出した。表紙には『お受験戦争殺人事件ｉｎ山手線』とある。

「果てしなくダサいタイトルね」

「いやあ、太宰と比べられてもねえ」

「空耳にもほどがあるわ」

シホは原稿をパラパラとめくった。先日の事件をモチーフにした小説らしい。霧村さんやシホはもちろん、チワワのまいちゃんまで登場している。小説なんだから実名はやめてほしい。

「今度はすごい自信作なんだ。連続殺人、画期的な手口、意外な犯人、鮮やかな推理。下町情緒あふれる商店街にコロッケに犬に夕焼け！　人情ドラマもバッチリさ。我ながらすごいミステリを思いついたもんだよ」

ミキミキさんは胸を張って自画自賛する。

「ていうか画期的な手口を考えたのは犯人だし、鮮やかな推理をしたのは俺とシホだ。お前は何もしてないじゃないか」

霧村さんが当然すぎるツッコミを入れる。

「ま、まあ、小説というよりルポルタージュだよ。僕も今回はミステリ作家じゃなくてジャーナリストに徹したんだ。ほら、ジャーナリストってのは事件に介入しちゃいけないんだよ。僕が推理しちゃったら自作自演になっちゃうでしょ。だからこれでいいんだよ」

ミキミキさんはもっともらしい理屈をつけて胸を張る。霧村さんが呆れ顔で肩をすくめる。この作品で一番喜ぶのは作者でも読者でも霧村さんでもシホでもなく、ミキミキさんから多額の費用をふんだくる自費出版社なのだ。ミキミキさんのいう元「ミス・神田川」とやらの美人担当編集者がほくそ笑む姿が浮かんだ。

電車は恵比寿駅に入った。扉が開くと見覚えのある少年とその母親らしき中年女性が乗り込んできた。少年と目が合うと彼は母親を連れてこちらに近づいてきた。

「その節はどうも」

少年が霧村さんに声をかけた。霧村さんは少年を見て複雑そうな顔になった。柴木恭兵だ。隣の女性は代官山で皮膚科医院を経営しているという、彼の母親だった。二人ともすこしやつれて見えた。無理もない。一家の長が警察に逮捕されたばかりなのだ。次の日の新聞にはそのことが記事になった。それから彼らがどんな生活を送ってきたかと思うと胸が痛くなる。あれから一ヶ月。生きた心地のしない毎日だったろう。

霧村さんは立ち上がると、何も言わず母親に向かって深々と頭を下げた。あの後、恭兵の父親は警察に自首する決心を固めた。霧村さんやシホの追及がその大きなきっかけになったのは間違いない。父親は家に帰ると奥さんにすべてを打ち明けたそうだ。

〔新宿駅〕

「頭を上げてください。柴木はずっと罪の意識に苛《さいな》まれてきたようです。夢の中にも金太郎くんが出てきたそうで、夜も眠れない日が続いてました。あなたたちが真相を暴かなくても、柴木は遅かれ早かれ自首するつもりだったと思います。主人は根っからの悪人ではありません。守るべき家族があるから決心がつかなかったのでしょう。むしろ決心をつけるきっかけをいただいたあなた方に感謝してます」

本来は美しい母親だったと思う。しかし目の下には大きな隈《くま》ができ、肌つやも顔色もさえない。髪も毛先がほつれて乱れが見られる。表情に浮かぶ陰りも痛々しい。

「私たちは離婚しました。子供たちのことを考えるとこれがベストの選択だと決意しました。柴木は服罪で、私はご遺族の方たちに補償することで一生をかけて罪を償っていくつもりです」

父親の極刑は免《まぬが》れられないだろうと霧村さんは言っていた。自己中心的な動機で四人もの命を奪ったのだ。死刑の是非についてはシホにはよく分からないが、それに匹敵する罰は仕方ないと思う。もし自分の家族が殺されたことを考えると……。

シホは頭を振った。考えることですら辛すぎる。その状況に遺族がいるのだ。荒らされたアパートの一室で途方に暮れる倉内猛の母親を思い出した。魂の抜けたような顔をしていた。彼女は哀しい思いを引きずりながら残された人生を送らなければならない。

「どんなに責められようと罵《ののし》られようと息子たちに罪はありません。私と柴木はどんな責め苦でも甘んじて受けます。しかし息子たちにそれを向けるのであれば、私は絶対に許しません。この子と卓也だけは命を懸けて守ります」

母親の子供を守ってこれから生きていこうとする気丈さが、生気を失っていない瞳の奥や奮《ふる》い立たせるように伸ばした背中に感じられる。ただ、やはり気疲れは隠せないようだ。

お母さんになるってこういうことなのね……。

シホは悲痛な思いで彼女を見上げた。自分は子供のためにそこまでできるだろうか。人を愛するってことは守り守られることなのだ。

母親は息子を愛おしそうに抱き寄せた。まだ母親の方が長身だが、きっと数年後には恭兵が追い抜いてしまうのだろう。その姿が目に浮かんだ。

恭兵もシホと同じ年齢だ。今自分の置かれている状況が分かっているだろう。この先の人生は想像以上に過酷なものになるかもしれない。しかし彼の表情に悲愴感や絶望は浮かんでなかった。むしろ自分が母親と兄を守るんだとでも言いたげな、頼もしい眼差しを向けている。それでいてヒーロー気取りなことを口にしない。母親に抱かれながら、彼の男らしい気配が母親を包み込んでいた。

恭兵ってこんなに格好良かったっけ？

「あなた、すっごく嫌なヤツだと思っていたけどちょっとだけ見直しちゃったわ」

シホは恭兵に声をかけた。彼が自ら熾烈な受験戦争に飛び込んでいったのは何も卑しいエリート意識だけではなかった。父親によって挫折に追い込まれた兄の仇討ちだったのだ。しかし恭兵はポカンとした顔を向けている。

「僕のどこを見直したっていうのさ？」

「ううん、別に。気にしないで」

そんなことを伝えるのは野暮というものだ。大人の対応である。

恭兵はシートに腰掛けているシホを見下ろしながら、思い出したようにニヤリと笑った。

「ところで舘ひろやくんなんだけどさぁ」

「えっ？」

シホの胸がドキンとする。彼の爽やかな笑顔が浮かんだ。

「この前、恵比寿公園でちょっと声をかけたんだよ。やっぱりどうしてあんなに成績が伸びたのか知りたいからね。コソコソすんのも父さんみたいでかっこ悪いし。

話してみたらとってもいいやつで、二人で盛り上がっちゃったんだ」

館くんは恵比寿公園で塚本さんに勉強を見てもらいながらまいちゃんの世話を続けている。シホも時々顔を出すようにしている。もちろん館くんに会うためだ。

「それで？」

「好きな女子の話になったのさ」

シホは胸を押さえた。鼓動が速くなっている。

「た、館くんは好きな女の子がいたりするの？」

なるべく平静を装おうとするも声が震える。

「いるってさ」

シホの心中などおかまいなしに、恭兵はしれっと答えた。

「ほ、ほんと？」

シホの心臓が激しく騒ぎ出す。

「気づいてないの？」

恭兵が意味深な笑みを向ける。

最近の館くんのシホを見つめる目。優しくて、そしてどことなく熱い……気がする。

〔新宿駅〕

「そ、そんなの気づくわけないじゃん」

顔がカッと熱くなった。

それってもしかして？　もしかして？　ねえ、もしかして？

〔東京駅《とうきょう》〕

シホはぼんやりと電車の外を眺めている。東京駅が近づくにつれて電車は速度を弱める。

「すっかり落ち込んじゃったね」

ミキミキさんが顔を近づけてくる。建設されて間もない近代的な高層ビルが車窓をゆっくりと横切っていく。そこには空も地面も山も湖もない。

「あの電車に飛び込んだら楽になるかなあ」

「気持ちは分かるけど、駅員さんや乗客に迷惑かかるからさ。それに賠償金もすごいらしいよ」

ハァとシホは大きなため息をついた。窓ガラスが白く曇る。五分ほど前に生まれて初めての失恋を経験した。母親と新橋駅《しんばし》で降りていった恭兵が答えた女の子の名前。それはシホではなかった。同じ塾に通う、三つ編みの似合うとても可愛い女子らしい。

「あんな風に聞かれたら自分だって思うじゃない。空気読めっつうの！」

見直したなんて言っちゃったけど全面撤回。やっぱり恭兵は世界一嫌なヤツだ。

「あれ？　シホは神田くん命じゃなかったのか？」

霧村さんが頭を寄せてくる。車内は鮨詰《すしづ》めだった新宿駅と比べて閑散としている。

それでも座席は埋まっている。

「そうよっ！　あたしの本命は神田くんよ。舘くんなんて通過点に過ぎないわ！」

そうだよ。すっかり忘れていた。「嵐組」の神田くんがいるじゃない。そもそも小学生なんてお子様よ。ガキを相手にするほどこちらは暇じゃないわ。

「さすがはシホちゃん。立ち直りが早いね」

ミキミキさんが妙に感心したように言う。

いや、本当はまだ傷ついているんですけど……。

「とりあえずよかったな、雨」

ミキミキさんは今度は霧村さんに視線を移した。

「何がよかったんだ？」

「今回のことでお前を山手線に縛りつけていた錨が上がったんだ」

そうなのだ。霧村さんは山手線を事務所代わりにしているが、それは金太郎の自殺の真相を見出すためだった。金太郎をよく知る霧村さんは、彼の自殺に納得がいかなかったのだ。彼は山手線で顧客を待ちながらも手がかりを探っていた。ときどき怖い顔を見せるのもそういう事情があったからだ。金太郎のことを弟同然に思っていたのだろうか。しかしそういう思い入れがプロの探偵として失格だとミキミキさんは言う。だがその呪縛も今はもう解《と》かれている。

「これで晴れて山手線を離れられるな」

ミキミキさんが彼の背中を叩く。

「次はどこに事務所を構えるの?」

シホが尋ねると霧村さんはイヤイヤと手を振る。

「山手線は一日五百万人もの人間が利用してる。そしてさまざまな事情を抱えた人たちを運んでいる。その中にはきっと俺の力を必要としている人がいるはずだ」

彼は優しい眼差しを車内に彷徨《さまよ》わせた。ケータイの画面を眺めている人、眠っている人、疲れ切っている人、笑っている人、思い詰めた表情で車窓を眺めている人……実にさまざまな人たちが同じ車輛に乗り合わせている。

「それにシホ。君との事件もまだ解決してないだろ」

霧村さんはウィンクをした。

そうなのだ。シホと霧村さんの出会いのきっかけとなったあの事件。あの謎だらけの事件を解くために、シホは彼の助手になったのだ。あの事件の手がかりも真相も何から何まで山手線の中に隠されているのは間違いない。

「そうよね。解決するって霧村さん、約束してくれたものね」

シホ自身もまだ山手線を降りるわけにはいかないのだ。

「そっか。山手線の探偵さんになるのか。うん、それはいい！　シリーズ化できそうだよな」

ミキミキさんが思いついたように手をポンと叩く。

「って何の話だよ？」

霧村さんは呆れ顔でミキミキさんを眺める。これでまた印税の分配で揉めそうだ。

「とか何とか言って、本当は事務所を開くお金が貯まってないだけでしょ」

シホは肘で霧村さんの脇腹を突いた。彼は頭を掻きながら「ばれたか」と返した。

どっちにしてもまだしばらく山手線探偵の助手を続けなければならないようだ。

お客さんが霧村さんを見つけ出しやすいようにするにはどうすればいい？

シホは電車の中を見回した。

「あんなシルクハットだったら目立つね。霧村さんもかぶってみたら？」

シホは同じ車輌に乗っている燕尾服姿の男性を指さした。手には大きな黒革のカバンを提げている。新宿駅からシホと一緒に乗り込んできた男性だ。今までにも何度か見かけたことがある。一度見たら忘れられない容姿だ。つまりそれだけアピール効果があるということだ。

「前々から気になっていたけど、どんだけ時代錯誤なんだよ」

と霧村さんが言った瞬間、男性はこちらの方を向いた。無骨な指でいかめしい髭を弄《もてあそ》びながらぎょろりとした目で霧村さんを睨《ね》め付ける。

「やべっ!」

霧村さんは俯いて視線を逸らす。しかし男はこちらへ近づいてきた。

「ねえ、霧村さん、おじさんがこっちにやって来るよ!」

「変態ジジイだ。絶対に目を合わすな! 下を向いてろ」

シホたち三人は下を向いて固まっていた。やがて妙にピカピカで古風なデザインの革靴がシホたちの前で止まった。

「あんたが伝説の山手線探偵かね?」

三人は顔を上げて男性を見上げた。彼は背の高いシルクハットをかぶったまま今にも飛び出しそうなギョロ目を向けている。

「そ、そうですが……」

霧村さんの声が裏返っている。

「閣下の命を受けて、貴殿を捜し続けて三ヶ月だ。やっと見つけたぞ」

カッカ？

男性は感慨深げに霧村さんを見下ろすと重厚な黒革のカバンをドサリと床に置いた。

「仕事のご依頼ですか？」

大財閥の当主のような威厳に気圧されながらも、シホは山手線探偵の助手として丁寧に尋ねた。

「依頼などではない。これは天命だ。国家の存亡がかかっておる。かなり難しい仕事になると思うが引き受けてくれるかね」

コッカノソンボウ？

聞き慣れない言葉だけど、何だかすごい仕事になりそうだ。

――よかったね、霧村さん！

しかしそんなに大変な依頼なら安請け合いをしてはならない。報酬の交渉はシホの重要な役目だ。霧村さんは金がないくせに欲もないお人好しだ。だから事務所を追い出されるのだ。ここはシホがしっかりしなければならない。

「コッカノソンボウともなりますと、かなりの費用がかかりますが……」

「これで足りるかね？」

男性は黒革のカバンを持ち上げると口をガチャリと開いた。中には何が入っているんだろうと前から気になっていた。いよいよその謎が明かされる。

中身を覗き込んでシホたちはぶっ飛びそうになった。福沢諭吉が、一万円札の束がぎゅうぎゅうに詰め込まれていた。

いったいポーステ３Ｄがいくつ買えるんだろう？

隣で霧村さんがゴクリと喉を鳴らした。

「これだけあれば六本木ヒルズの屋上にだって事務所が開けるよ」

シホは彼に耳打ちした。彼は小刻みに頷く。

「国家の存亡か。雨、続編はスケールアップだな」

ミキミキさんは楽しそうだ。さっそくメモ帳を取り出している。

〈次は神田、神田〉

車内にアナウンスが流れた。

「今日はこれで五周目だ」

霧村さんがつぶやいた。

〔東京駅〕

この作品は書き下ろしです。
本書はフィクションであり、
実在の人物および団体とは関係がありません。

山手線《やまのてせん》探偵
まわる各駅停車と消えたチワワの謎

七尾与史

2012年6月5日　第1刷発行
2013年3月15日　第8刷

発行者　坂井宏先
発行所　株式会社ポプラ社
〒一六〇-八五六五　東京都新宿区大京町二二-一
電　話　〇三-三三五七-二二一二（営業）
〇三-三三五七-二三〇五（編集）
〇一二〇-六六六-五五三（お客様相談室）
ファックス　〇三-三三五九-二三五九（ご注文）
振　替　〇〇一四〇-三-一四九二七一
ホームページ　http://www.poplar.co.jp/ippan/bunko/
フォーマットデザイン　緒方修一
印刷・製本　凸版印刷株式会社

N.D.C.913/319p/15cm
ISBN978-4-591-12968-5
落丁・乱丁本は送料小社負担でお取り替えいたします。
ご面倒でも小社お客様相談室宛にご連絡ください。
受付時間は、月～金曜日、9時～17時です（ただし祝祭日は除く）。